Las momias de Hauschild

Natalia Sánchez (1971) nació en Maracaibo, donde estudió Sociología. Realizó estudios de maestría en Gestión Cultural en la Univiersidad de Barcelona, España. Actualmente reside en la isla de Margarita. Fue profesora en la Universidad del Zulia durante más de 15 años, colaborando con estudios nacionales sobre la cultura en Venezuela. Debuta en la escritura de ficción con este *thriller* sociológico.

Natalia Sánchez

Las momias de Hauschild

dahbar

Las momias de Hauschild

© Editorial Dahbar
© Cyngular Asesoría 357, C.A.

Corrección de pruebas:
Carlos González Nieto

Diseño de portada:
Jaime Cruz

Depósito legal: DC2018000311
ISBN: 978-980-425-019-4

Índice

Y fuese mi carne
lo que el don del mal transforma.

Salvatore Quasimodo

Prólogo

Conforme con la calidad culinaria del *cordon bleu*, la asesina había disfrutado el consomé caliente, el pastel de pollo, el pargo con mayonesa, el asado con gelatina, el helado napolitano y finalmente el café, casi tanto como había disfrutado haber envenenado y apuñalado —horas antes— a Atilio Marcadet.

A las diez y media de la mañana de ese mismo día, él se interesó en ella. La miró con curiosidad. Pidió algo al mesonero; le entregó un papel; pagó la cuenta. Ambos se levantaron y caminaron en dirección a la montaña. Ella lo llevó hasta la parte trasera de las canchas, junto al bosque. Solo tuvo que esperar. La sustancia que había puesto en la taza haría efecto. Luego, el viejo escritor sintió una herida producida con algo que supuso un cuchillo sumamente afilado, aunque no pudo asegurarlo porque su visión estaba borrosa. En ese momento ya no importaba la precisión que había sido su obsesión desde joven. Sintió, en un reventón, la sangre caliente e infinita. Se iba vaciando, con la conciencia de ese pájaro tribal que se sabía herido de muerte. ¿Por qué estaría haciendo eso si siempre había estado de su lado? Ese fue el último pensamiento del hombre.

Después de matarlo, la asesina entró en la habitación. Se acomodó frente a un espejo. Se desnudó. Su vestido estaba lleno de sangre. Se cambió. Había dejado preparada y extendida otra ropa sobre la cama, por si era necesario. Cuando estuvo satisfecha con su apariencia salió de la habitación. Y comenzó a caminar. No quería llegar acalorada. Si caminaba despacio, pero sin pausa, llegaría justo a la hora precisa y ellas no notarían nada. Podría continuar.

Había logrado una reluciente autonomía sin renunciar a sus creencias. Lo que era aún mejor, les había dado una nueva significación. Ya no se veía a sí misma como un monstruo por haber acusado al innombrable sujeto que se había atrevido a criticarla, faltando al sacramento de la confesión. ¿Cómo se había atrevido a decir algo así de una persona como ella?

Tampoco se sentía mal por haber machacado la cabeza del hombre que conoció en la playa y que la había rechazado. Él había sido cruel.

El segundo asesinato, el que acababa de cometer, había sido necesario porque Atilio Marcadet sabía demasiado sobre ella. La iba a obligar a sumergirse en la culpa y ella ya se había liberado. Ya era otra persona, mejor.

INDALECIA

I

Brillaba bajo el agua.

Parecía querer desprenderse y buscar el fondo, pero la cadena lo unía a mí. Lo atrapé, deteniendo su fuga ondulante e inútil y lo guardé bajo el traje de baño porque no quería perderlo. Mi pelo flotaba con un tono azulado; el medallón me había transformado en una versión humana de su piedra. Yo también quise escapar, igual que él, cuando el fondo del mar me llamó, pero mi fuga también fue inútil. Sin embargo, me gustaba esa sensación de volar que da el agua cuando no le temes. Me gustaba ser alguien diferente... eso siento cuando nado.

Saqué la cabeza para tomar aire y vislumbré a lo lejos las islas. Esa noche se veían más limpias sus paredes de piedra blanca. ¿Cuál sería la profundidad de ese mar? ¿Quién la conocería? No importaba. Yo estaba en el pozo oscuro y quieto de este mar y, para mí, eso era suficiente. Eran realmente profundas estas aguas y nadie lo sabía. Aunque la montaña estuviese llena de ojos vigilantes, bajo el agua no podían verme.

Miré hacia la otra playa, la que estaba junto a la mía, en donde rompían las olas. Las separaban grandes piedras y un saliente de la montaña que sucumbía ante el mar. Entonces la luna me lo mostró con terquedad: un bulto inmóvil y oscuro. La corriente submarina empujaba mi cuerpo a esa orilla. Caminé en dirección hacia él, sin dejar de mirarlo. No era una red porque en esa zona nadie pescaba, y tampoco era un pez, ni un pájaro. Era más grande. A medida que me acercaba más me parecía que era una persona. Seguramente algún borracho al que habían dejado solo y se había desplomado, desde el camino de piedras, rodando hasta allí... Esa idea me molestó. En todo el tiempo que tenía nadando en la noche nunca había visto a nadie. Tan solitaria era mi playa que había podido bañarme desnuda. Gracias a las piedras, a la profundidad, y a lo lejos que estaban las playas populares, nadie llegaba hasta allí. Era peligroso. Incluso decían que hacía años se había ahogado una mujer que, como yo, nadaba sola en la noche.

La luz de la luna, con insistencia, me seguía mostrando al intruso. Me detuve y por unos segundos tuve la intención de retomar el camino a casa. Aunque, desde donde estaba, tendría que subir la colina o devolverme al mar, volver a nadar un buen trecho y salir por el otro lado.

Decidí acercarme. Estaría tan mal que ni siquiera me vería, así que caminé y llegué a su lado.

Estaba tirado boca arriba, su diafragma no se movía. Era un hombre muerto.

No pude gritar. Nunca he podido gritar cuando sufro una fuerte impresión; solo logro producir un grito ahogado, acompañado de una inspiración intensa, como si fuera a inhalar el último fragmento de aire que quedara.

¡No sé a quién estoy engañando! Realmente la muerte no me causa impresión. Pero como hacemos todos aquí en Macuto, me obligo a mí misma a disimular, porque dicen que la realidad puede ser lo que queramos que sea, y me pareció que un muerto descubierto en la soledad de esa playa debía impresionarme. La Sagrada no mataba a la gente para dejarla en las playas. La mataba, pero no de esa forma.

El primer impulso fue salir corriendo hacia el hotel. Recuerdo que di un paso adelante, miré hacia esa estructura iluminada que parecía una luciérnaga gigante y pretenciosa y solo entonces escuché la música de la terraza del bar, y voces masculinas y femeninas entremezcladas que provenían de ella. Reconocí la canción...

Te suplico que no vengas. Allá había gente, la misma gente que desde hace tiempo no me importa, pero que siempre queda, como el último recurso ante lo inesperado. Es inevitable que sea así. Es un estímulo supraorgánico. Sin embargo, ese impulso de buscar auxilio desapareció inmediatamente. En mi caso las llamadas de emergencia estaban vencidas.

Además, algo me detuvo. El cadáver había desarrollado un fuerte magnetismo hacia mí. Lo hizo desde que estaba sumergida en el agua, solo que en aquel momento no lo sabía. Quería mirarlo mejor, para saber si lo conocía. Eso explicaría —creía yo— la atracción.

Me acerqué lo suficiente para ver que tenía la mitad de la cara destruida. Sentí náuseas. Nunca había visto a una persona sin rostro. Había visto morir a familiares, por supuesto... este país está lleno de enfermedad y muerte, y todos, sin importar las ganas que tengamos de vivir, caemos al suelo como moscas. La primera persona que vi morir fue a la tía Ángela: tuvo un infarto y su muerte fue muy rápida. Puede que ese sea uno de los finales más satisfactorios de todos los que he visto. Papá le puso un espejo bajo la nariz, el espejo de tapa floreada amarilla y celeste que ella tenía sobre la mesita. Desde ese día me pareció horrendo. Tuve la sensación de que desde allí podían besarme los muertos y, una vez que una sabe que la besan, ya no es la misma. Nunca entendí por qué Ruth se llevó ese espejo a su cuarto y siempre lo mantuvo allí. Me pareció algo macabro.

Di dos pasos más para acercarme al hombre, a pesar de lo repugnante que era, y me arrodillé junto a él. Tenía una camisa blanca, manchada de rojo y de marrón. No llevaba puesto ni saco ni corbata.

Busqué en los bolsillos de su pantalón algo que me diera idea de quién era... era la primera vez que tocaba esa parte del cuerpo de un hombre. Su bolsillo derecho estaba infinitamente vacío; no encontré nada y sentí que estaba profanando algo. Pero en el bolsillo izquierdo, confinado en un rincón y escondiéndose de mis dedos, palpé un trozo de papel doblado que, ante la suavidad de la tela, se sintió como un filo violento. ¿Alguna vez se ha cortado con el filo de un papel? Es un tipo de dolor muy singular.

Saqué mi mano acompañada del descubrimiento y finalicé el prolongado ejercicio de revisión que me hacía sentir incómoda pero a la vez emocionada. El ruido primitivo de un pájaro que voló cerca de mí me asustó. Hice un movimiento defensivo, aunque a esta altura era mejor que olvidara cualquier superstición. Debía mirar el papel.

Lo desdoblé y vi un dibujo: un plano. El plano del Hotel Miramar, o al menos eso me parecía. Pude reconocer su forma de cruz; la misma que se veía desde arriba en la montaña. Un lugar hermoso visto desde allá, porque parece una mariposa blanca y roja con líneas verdes en las alas; como una gran mariposa selvática en el principio del mar o una mariposa marina en la boca de la selva. En la parte inferior del papel había algo escrito: una frase corta en letra minúscula. La poca luz no me permitía leerlo. Pensé en hacerlo después y lo guardé entre mi piel y el traje de baño.

II

Continué arrodillada junto al hombre, mientras la marea subía y empezaba a alcanzarnos. Comenzó a soplar un viento fuerte. El aire, las formas y el mar adquirieron una tonalidad amoratada, irreal, imposible. La luna me había abandonado y todo se volvió aún más oscuro. Hasta Carlos Gardel había dejado de escucharse. Estábamos solos, el hombre y yo.

Toqué su brazo tan frío y tan helado como lo estaba yo misma. En ese momento me di cuenta de que tenía más cosas en común con él que con las personas que estaban en aquella terraza. Se veían a lo lejos sus siluetas como erráticos pájaros oscuros.

Siempre tan lejos de mí, en medio de una alegría decadente. La alegría de los «felices fatalizados».

Me movió la solidaridad mecánica, esa que obliga a ayudar a los iguales. Él y yo éramos dos víctimas. Pensé que era necesario hacer algo para que su alma descansara en paz; seguramente todavía había tiempo. Uno nunca cree que sea tarde aunque efectivamente lo sea. Recé por él porque me pareció amable hacerlo. Algunas personas opinan que ese es uno de mis defectos: la amabilidad. Yo no lo creo, porque como se puede llegar a ser amable a niveles impredecibles, uno puede cambiar y ser otra persona. Yo, por ejemplo, nunca rezaba, pero en esta oportunidad lo hice.

No recé un avemaría porque recordé cómo acaricié su pierna a través de la tela y también recordé que la Virgen está más cerca para descubrir los deseos. Con el padrenuestro es diferente. Lo hice rápido y en voz alta, como lo hacían en los velorios, siempre hacia afuera. El ruido del mar parecía acompañarme en mi rezo particular. Era un susurro masculino, pero consolador. Antinatura.

—...y líbranos del mal. Amén —finalicé. En forma automática, creo. Inmediatamente sentí vergüenza.

No sabía qué me estaba pasando, ni por qué había hecho eso. Hacía mucho tiempo que no creía en ese tipo de oraciones, pero era muy posible que él sí creyera. Además, estaba alterada, eso era todo. Pero esa reflexión espacial sobre la cercanía de la Virgen no sabía de dónde la había sacado. Uno no sabe cuánto se impregna de las palabras que oye en su casa. Parece que existe un ilustrado eco interno que completa todas las ideas de forma anticipada. Un eco que ni siquiera es uno mismo, o no del todo. Como si adelante hubiera un reflejo inalterable —formado por las cosas que nos dijeron— al que recurrimos cuando es necesario continuar. ¿Por qué era necesario en ese momento? No lo sabía.

Volví a concentrarme en él. Era atractivo, delgado pero no raquítico. Allí estaba: quieto, vencido, inocente. Lo tomé de los brazos, como pude, lo arrastré fuera del alcance del mar. Para ello tuve que subirlo un poco. Lo dejé al amparo de los uveros. Así podría encontrarlo a la mañana siguiente cualquier caminante madrugador que intentara acortar camino. Incluso, si en el tren hubiere algún observador acucioso, podría verlo desde las vías, arriba. ¿Es usted de los que mira por la ventana cuando usa el tren? Yo nunca he podido evitarlo.

Hice mucho esfuerzo al moverlo, me mareé y me senté a su lado. Tuve la impresión de estar sentada en el fondo del mar; de un mar invisible, distinto. Pero él y yo estábamos en el fondo de algo con una densidad diferente. A veces he creído que así debe ser la compañía que vale la pena. Dos personas en el fondo de algo, sintiendo una densidad diferente a la que siente el resto. Creo que a veces me pierdo en un romanticismo más grande que esta montaña que nos sostiene.

Miré nuevamente su cara. Con el movimiento al cual lo sometí, la misma se había ido hacia el lado derecho. Esa parte estaba menos deformada. Pude distinguir lo que había sido un rostro alargado y una mandíbula definida. Vi su cuello y sentí lástima, porque siempre me ha parecido que esa parte del cuerpo delata nuestra debilidad. Ya no lucía tan espeluznante; es cierto que uno se acostumbra a todo.

Tenía una gran herida en la parte posterior de la cabeza. La sangre manchaba su pelo y la arena, donde había dejado un rastro; se veía muy negra, como si su cabeza tuviese un pozo adentro que se estuviese derramando. O lo contrario, como si un hueco profundo se lo estuviera comiendo. Agradecí la luz de la luna, que otra vez había aparecido entre unas nubes y me permitía ver algo, pero no lo suficiente. Tal hallazgo a pleno sol debía ser dantesco. «La luz define las cosas»... recordé esa afirmación. Pero algunas veces uno no quiere definirlas.

Lo que estaba haciendo, ¿estaba mal? Seguramente. Era verdad que el hombre me tenía fascinada, gravitando sobre él y mirándolo sin disimulo. ¿Cuántas veces puede uno mirar a alguien sin que esa persona lo note? Usted, por ejemplo, cuando ve a una mujer que le gusta, ¿puede quedarse mirándola sin que ella lo note, sin que lo llame impertinente o piense que no tiene ninguna educación? No tiene que responderme. Si hace usted siempre lo que quiere, debe estar bendecido.

Contemplé su pecho y su dorso. La camisa se había mojado, se pegaba a la piel y pude identificar las costillas. Recordé la escultura que me deslumbró cuando era niña en mi viaje a Francia. En el museo, el gran corredor de la escalera, la *Victoria alada de Samotracia*. Un cuerpo perfecto, impresionante, cubierto de un chitón mojado, sin rostro y sin brazos, y sin pudor. Fue la primera vez que conocí la fascinación por algo incompleto. Estuve toda la tarde frente a ella porque me era imposible dejar de mirarla. Luego me decepcioné un poco cuando supe que una parte no era verdadera. Le rogué a mamá que volviera a llevarme al museo para ver si yo podía reconocer el lado auténtico, y que no me dijera cuál era. Ella hizo lo contrario. Me dijo que el lado falso era el izquierdo y no me llevó nuevamente. Pero aún me sigue importando la autenticidad.

Así era él, como la *Victoria*: incompleto, mojado y hermoso. Pero no estaba en una posición triunfante, sino que, al contrario, estaba vencido. Había resultado ser el perdedor en la batalla, cualquiera que esta hubiese sido. Como si su propia belleza hubiese significado su condena. Estaba segura de que su magnetismo había sido de alguna manera la causa de la muerte, porque incluso muerto yo había sucumbido ante él.

Tenía la piel blanquísima, como una perla. Podía pertenecer al personal del hotel, ya que todos provenían de Suiza, pero también podía ser algún alemán recién llegado al pueblo. Sus brazos parecían de leche. Tendría que haber estado encerrado para que el sol no se hubiese apoderado un poco de él. Definitivamente no tenía mucho tiempo viviendo aquí.

¿Viviendo? Mi cuerpo se estremeció en cuanto pensé en esa palabra. Un escalofrío repentino y genuino se mezcló con un miedo tardío. Es más aterradora la idea de la muerte que la muerte en sí misma, sobre todo si está derramada alrededor de nosotros. Sobre mis hombros sentía la oscuridad del pozo de la cabeza del muerto, como si algo hubiese salido por detrás de él y ahora se abalanzara sobre mis espaldas. ¿Por qué siempre sentimos la muerte en la espalda?

Estaba presenciando una especie de desenlace. Imaginé que todavía no había muerto del todo y entonces eso explicaría mi reacción de no querer dejarlo solo. Debía hablar con el padre Benjamín y preguntarle cuánto tiempo tarda el alma en abandonar el cuerpo. Él no era como los otros sacerdotes de aquí, él era un religioso instruido. Seguro me entendería y no pensaría que estaba loca. A Carlota también la llamaban loca. Y su locura era su disfraz, su carnada.

Lo había olvidado... el padre Benjamín también estaba muerto.

Permanecí sentada no sé cuánto tiempo velando al desconocido en compañía del mar. Escuché ladrar a los perros de Marcadet a lo lejos. Estaba asustada, pero al mismo tiempo me sentía valiente; intimidada y persuadida, repelida y captada. Entendí que lo habían asesinado; era como si el hombre me hablara y me contara su final. Pero también era absurdo que no hubiese pensado en eso antes, porque era evidente que alguien había acabado con su vida; había sido objeto de una violencia brutal. Su asesino podía incluso estar cerca, observándome.

Era mejor huir. Creo que él mismo me lo decía, aunque lo hacía en forma hipócrita, como cuando uno no quiere que alguien se vaya y a la vez le dice que no es necesario que se quede.

Miré hacia arriba. El cielo se cortaba violentamente por la terraza de la casa de Carlota. Era un muro infinito, oscuro y desproporcionado. El lomo de una bestia durmiendo sobre la arena; una bestia deforme a la que era mejor no despertar.

Es extraño cómo en momentos de gran emoción o de peligro uno se fija en detalles insignificantes. Eso ya me lo habían dicho, pero yo no lo había comprobado. Esta vez me quedé mirando un ángulo de la terraza, porque había allí unas ramas brillantes que tocaban el muro de forma insistente intentando despertar la casa. Era un chaguaramo, una de esas palmeras que crecen en forma dominante e impertinente en esta parte del mundo. Tenía unas ramas muertas enmarañadas y amontonadas pegadas al tronco. La recuerdo porque, cuando antes la detallaba, pensaba que a los pájaros tampoco les importaba la muerte. Allí se posaban a descansar, a alimentarse.

Había sobre el muro rasgado tres macetas vacías. Antes estaban llenas de flores, porque a Carlota le gustaba ver las tonalidades rojas en contraste con el azul marino. Pero algo se movió, y recordé que sobre ese muro solo había dos macetas y no tres; lo que supuse la tercera resultó ser una silueta: una mujer, sus hombros y su cabeza. Eso me pareció ver. Fue solo un segundo y después se borró.

Todo se mantuvo quieto. Hasta el chaguaramo cesó su insistencia, pero estaba segura de haber visto a alguien. Pensé que era posible que esa persona tuviese algo que ver con la muerte del hombre, porque podría haberlo empujado desde allá arriba. Su ubicación cuando lo encontré era consistente con eso. Aunque las heridas en el rostro debían haber sido propinadas luego. Lo habían machacado con algo fuerte. Me invadió el miedo nuevamente. Creo que tenía que ver con el frío que sentía, aún estaba empapada. El miedo soplaba tal como soplaba el viento.

Definitivamente debía huir, ya no podía seguir posponiendo el fin del encuentro. Lo miré por última vez. Ojalá hubiese podido quedarme allí; eso era lo que deseaba, pero no pude hacerlo. En eso ha consistido mi existencia: en un tránsito constante del deseo al sacrificio. Lo besé para despedirme.

Ahora lo pienso y no me arrepiento. Él se convirtió en mi religión personal en solo un instante, pero lo supe horas después. Fue una conversión aguda, crítica y extrema. Me hice su creyente. Hasta ese día, las invitaciones espirituales me habían resultado huecas, excluyendo a Raúl... porque Raúl se burlaba del patriotismo cósmico que te asfixia, porque Raúl siempre fue partidario de la vida y de la belleza.

Fue como si al besarlo, agradeciendo mi compañía, escuchara el alma del hombre muerto preguntarme: «¿Por qué, si estás llamada a ser alguien especial, llevas esa vida tan lúgubre?». Fue una pregunta cálida y la calidez les da sentido a las cosas. Algo le prometí al besarlo. En una promesa que tenía sabor salado y ferroso, como lo tuvo el beso. Prometí algo que todavía no tenía forma pero que era real. Las cosas existen aunque aún no se sepan nombrar y aunque estén incompletas. Si se entienden, después pueden completarse.

Corrí hacia la oscuridad, hacia mi casa. Todavía me pregunto cómo subí la cuesta tan rápido, porque otras veces lo había hecho con mucha dificultad. Yo tengo un tribunal adentro y soy mi propia vigilancia. No puedo ignorarme a mí misma casi nunca. Y sabía —como un juez emitiendo un veredicto— que debía alejarme de la mirada de la asesina.

Pero había algo más. Algo me atemorizaba de una manera diferente y desconocida. Sentía que había iniciado una carrera irreversible en otra dirección, en una dirección diferente. No sabía por qué sentía eso, pero parecía que me había mirado en el espejo floreado de la tía Ángela y eso me había proporcionado un nuevo ímpetu.

A lo lejos seguía escuchando la música del hotel. Estaba en medio de una noche extraña que se aclaraba y se oscurecía repetidamente, en forma casi pendular. Silencio y ruido, oscuridad y claridad. ¿Sería por naturaleza el mundo silencioso y frío, o sería eternamente pendular su naturaleza? Eso también pasó cuando

La Sagrada del General se llevó a Raúl sorprendido en el puerto. También corrí, también me sentí en medio de una tormenta burlona. Sin embargo, esa noche esperaba que sucediera un milagro que lo salvara, aunque sabía cómo iba a terminar esa esperanza porque casi siempre uno conoce, de antemano, el final. Lo que pasa es que la imaginación es el último derecho que nos queda. ¡Este maldito país y su violencia, de la cual todos somos cómplices!

Logré a duras penas llegar al camino de piedras y a las escaleras que bordean la cuesta. Estaba convencida de que me seguían y no podía detenerme. Sentí ese dolor debajo de mi costilla izquierda que siempre sentía de niña al correr en forma desmedida. Me gustaba hacer las cosas en forma desmedida.

Corrí durante al menos diez minutos. ¿Ha corrido usted en la oscuridad, solo amparado a ratos por la luz de la luna?

Una vez escuché a una cocinera citadina en casa contar que se había ido con un hombre a un rancho en el monte y que la oscuridad era tan asfixiante que ella no podía ver ni sus propias manos. Lo contaba como una prueba irrefutable de su entrega. Puede no ser tan inadecuada esa medida para descubrir si nos produce placer estar con alguien. El placer siempre es un tipo de oscuridad.

III

El corazón me retumbaba en los oídos cuando llegué al umbral de mi casa. La noté diferente, más grande.

La puerta, al cerrarse, hizo un ruido exagerado y noté que algo faltaba. En ese mismo momento, comenzó a llover. La ventana junto a la puerta mostraba una atmósfera blanquecina y nacarada afuera, como un aliento espectral que intentaba colarse y llegar hasta mí. Era él, sabía que era él. No quería que lo abandonara. La madera del ventanal rugía y el viento forcejeaba con los cristales. Pensé que todo iba a estallar por fin.

Atravesé el salón desierto y comencé a subir la escalera, corriendo. El pasamanos me pareció más áspero que de costumbre. Mis pasos también hicieron un ruido excesivo. Creo que había empezado a llover antes de que me resguardara porque mi rostro estaba chorreando, pero yo no lo noté sino hasta ese momento.

Donde mis pies se apoyaban había charcos de agua y barro. Algo estaba mal, pero no lograba saber qué. Tampoco podía culparme por no saberlo, porque acababa de besar a un hombre desfigurado en un acto casi sacramental. Todo lo que me rodeaba parecía moverse, pero yo estaba fija. Sentí como si estuviera en medio de un plan destinado a confundirme, como si la escalera esperara a que me cayera. La escalera, que era la parte más peligrosa de la casa.

Me detuve a medio camino, los latidos del corazón salían de todo mi cuerpo. Alguien me observaba desde abajo pero no tuve el valor de voltear. Imaginé la cara desfigurada, comida a la mitad, hecha un amasijo de carne, huesos y sangre coronando ese cuerpo escultural que había dejado tendido. El cuerpo de la playa había logrado volar como la escultura griega, venciendo a la muerte, y lo imaginé entrando a la casa y esperándome al pie de la escalera. No era que no lo quisiera, pero me atemorizaba. No pude voltear, aunque hubiese sido mejor que lo hiciera. Una presencia imaginada puede ser más espeluznante que una presencia comprobada.

Decidí continuar caminando, pero me obligué a hacerlo despacio, muy despacio. El camino hacia mi habitación parecía eterno. Las cosas no estaban donde debían estar. Estaba tronando muy fuerte e instintivamente cerré los ojos. Al abrirlos escuché un ruido cerca, detrás de mí. Era la gata, que miró con los ojos muy abiertos y se detuvo frente a un charco de agua que había debajo. Husmeó y comenzó a lamerlo. Luego me miró otra vez, como reclamándome algo. Quizás veía detrás de mí y no le gustaban los extraños.

Continué caminando sin mirar atrás y pensé que quien me seguía podía ser la asesina Era curioso, ¿cómo no se me había ocurrido eso antes? Abrí la puerta de mi habitación, que había parecido alejarse, y me encerré.

Sentí la espalda descansando en la puerta cerrada y me pareció estar a salvo. Continuaba con la impresión de estar viviendo una vida que no era mía, aun cuando yo no tenía ninguna razón para sentir eso. Fundamentalmente porque desde aquel día que Raúl dejó de existir, yo también lo había hecho. Desde hacía tiempo mi existencia no pertenecía a un sistema ordenado, con presente, pasado y futuro. Me limitaba a entrar y salir del agua y a sobrevivir un día a la vez para volver al agua.

Solo recordaba felicidades momentáneas; aquellas que son fugaces, las que posponen las pérdidas, como el haber rescatado el medallón de la corriente marina, como abrir una nueva botella de ron. Yo era un ser sin memoria hasta ese momento. Entonces todo empezó a girar alrededor del hombre muerto. No sabía si había estado bien, pero algo me unió a él. Algo indetenible.

Necesitaba sentarme. Sentía pulsaciones en las sienes y mi cara estaba ardiendo. Apenas pude apoyar la mano en el descanso de la comprensiva silla cuando me desplomé sobre ella. *Le fuiste infiel a Raúl*, susurró mi yo más profundo, ese que habla desde el reflejo oculto que se anticipa.

Sí, le fui infiel, respondí en tono altanero. Recordé el papel que había encontrado en el bolsillo. Me faltaba examinar las palabras. Tal vez estas me ayudarían a saber quién era él, o a saber al menos su nombre. Así que lo desdoblé con mis manos tardas e imperiosas y volví a ver el mapa. Ahora sí estaba segura de que se trataba del Hotel Miramar. Reconocí los jardines, la capilla, las caminerías, las canchas. Entonces mis ojos se detuvieron de golpe frente a las palabras escritas de forma casi inteligible. Sobre ellas cayeron gotas de agua como navajas:

Cimiterium filiorum Dei.

¿Por qué esas palabras volvían nuevamente? ¿Por qué precisamente esas?

Se produjo un dolor ácido en la punta de mis dedos, como si el papel me hubiese quemado. Al mismo tiempo escuché arañazos en la puerta. Toda la casa retumbaba; creo que la tormenta la había absorbido. Permanecí allí sentada, en medio de una habitación que se burlaba de mí. Raúl parecía estar enterado de mi infidelidad, desde incluso antes de que la cometiera, porque esa frase era de Raúl y siempre lo sería. Él la pronunciaba en latín para burlarse de los creyentes que eran incapaces de entender que Dios en este lugar nunca habló latín. También decía que la lengua muerta estaba acorde con el espíritu de quienes nos gobiernan.

Esa frase, luego, se había hecho importante para La Reunión. A Raúl lo habían envenenado en el patio de ese infierno porque supieron que formaba parte de ella. Desde el veintiuno de diciembre de mil novecientos veinte a las diez de la mañana, él está encerrado en su tumba sin poder decir nada más.

De alguna forma, el hombre de la playa, el que me persiguió hasta la escalera, el mismo que besé sin arrepentimiento estaba de nuestra parte. De parte de Raúl. De mi parte. De parte de Carlota. ¡Tenía que pertenecer!

Eso explicaba entonces mi extraño comportamiento. Como si yo lo presintiera. Como si yo todavía también tuviera una pieza auténtica, a pesar de todo. ¿Había llegado la hora de la venganza? En eso podía haber consistido la promesa de aquel beso, esa podía ser mi conversión.

No sé cuánto tiempo estuve allí sentada. Creo que poco. Me levanté y decidí enfrentarme a lo que fuera, si es que realmente alguien o algo me aguardaba al pie de la escalera. Preferí, en ese momento, aquello que hacía tiempo no prefería: la compañía de lo monstruoso antes que la soledad de la resignación. Salí del cuarto y decidida volví sobre mis pasos, antes temerosos.

Pero no había nadie. La tormenta se había callado. Llegué hasta el borde de la escalera. La gata dormía en la cesta. Todo estaba quieto. Escuché grillos.

Me sentí defraudada.

Recordé las palabras de Raúl aquella tarde húmeda:

—Estamos en este país atravesando una noche oscura, acostumbrados a renunciar a la libertad, regalo de Dios, y lo hacemos como si fuera prescindible o intercambiable por una supuesta paz que no es otra cosa que la paz del cementerio de los hijos de Dios.

Esa síntesis de lo que somos fue lo último que recordé cuando me dieron la noticia de que él había muerto, hace ocho años. Esas mismas fueron las palabras de mi extremaunción. Desde ese día quedé flotando, sobre ron y agua salada. De día el primero, de noche la segunda. Nunca he podido dejar de respirar, aunque lo he intentado; con mucha fuerza he querido ahogarme. Ocho años a la deriva en medio de una soledad infinita. Esas palabras, que fueron testigos de mi muerte, regresaban a mí y también eran ahora testigos de mi resurrección.

Pero volvía a estar sola. La casa parecía un páramo desierto. Ni siquiera escuchaba el reloj del comedor. Por primera vez en mucho tiempo me harté de mi propio silencio. No podía despertar a Ruth. Ella nunca me había entendido. ¿Por qué Ruth lo habría cambiado todo de lugar? ¿Y por qué no había salido al escuchar ruido? Normalmente cuando me escapaba a la playa lo hacía en forma silenciosa y al volver entraba por la ventana de mi terraza, pero esa noche era diferente. Yo era diferente.

Volví al cuarto. Me tumbé en la cama herida y moribunda. Me habían traído de vuelta. Me habían vomitado desde las entrañas del olvido. Estuve en la fosa más profunda, aquella en donde no sientes nada, y ahora lo estaba sintiendo todo de golpe.

Nunca entendí por qué Raúl no se despidió de mí. Recordé su voz tranquila. Era la primera vez que la oía en tono personal, no desde el púlpito:

—Deberías visitar a Carlota de la Plaza Verois. Vive sola pero no es una víctima, es una mujer fuerte. A ti te gustan las personas fuertes.

Cuando me dijo eso ni siquiera me conocía. Yo estaba con Ruth y a ella le pareció terrible esa idea. Todo el pueblo decía que Carlota había perdido la razón, que había anulado toda conexión sana con los demás. Decían que ella era instrumento del «maligno» debido a las cosas que escribía en su biblioteca alimentada por Dupovny. A pesar de todo lo que decían, a su entierro fue mucha gente porque su familia había sido muy poderosa. Es realmente mágico el poder de los apellidos porque hace difusa la claridad cartesiana. ¿No cree?

El sueño comenzó a vencerme. Ni siquiera me cambié de ropa. Me quedé mojada y llena de arena, acostada de un lado. Fue un cansancio repentino, demoledor. Mi último recuerdo fue la silueta de la mujer que vi en lo alto. ¿Sería Carlota? ¿Me querría decir algo relacionado con lo que ella sabía?

No, más bien era alguien cargado de ira. Las intuiciones, según he leído, son un territorio medio entre lo que uno sabe y lo que uno cree —son seguridades extrañas—, y yo tenía la formidable intuición de que la que miraba desde arriba era la asesina. Ella estaba de parte de La Herradura. Solo La Herradura era capaz de cometer estas atrocidades. Y sin embargo, esta atrocidad no parecía haber sido cometida por convicción política. Recordé la cara machacada y el magnetismo del hombre. La Herradura también era un centro de atracción que juntaba seres violentos que encontraban en el espíritu de ese grupo caminos particulares para sus propias revanchas.

Una de las nietas de Carlota fue la delatora de Raúl, aunque ella nunca quiso creerlo. Alguien que Fausto Mancebo y Atilio Marcadet estaban utilizando basándose en sus debilidades. Alguien que venía sospechando y que asistió a aquella celebración de su cumpleaños. Yo escuché a Raúl decir eso. Lo escuché desde la ventana, hablando en voz baja, dentro de la biblioteca.

—¿Por qué ella está aquí? —decía Raúl—. Es peligrosa, amenazó con delatarme. No creas en la fuerza de los lazos familiares cuando la locura está presente.

Pero Carlota no le creyó, le respondió que ella se encargaría. Luego salieron al comedor como si nada hubiese pasado. La maldad de una de esas cuatro mujeres era como los cangrejos naranjas debajo de las piedras. Estaba oculta y había que descubrirla. Si lo hubiésemos hecho, tal vez Raúl estuviera vivo y yo no hubiese tenido que morir tan joven. Pero la familia es una institución que con frecuencia se alimenta de la tapadera y Carlota prefirió ignorarlo.

¿Por qué Raúl no me dijo a mí lo que le dijo a ella? ¿Y por qué ella jamás me lo confió? Una vez la confronté, le dije lo que oí esa noche. Me preguntó si oí algún nombre y sin mayor disimulo suspiró aliviada cuando supo que no. Me dijo que lo que creía Raúl no era cierto y que ella no se atrevería a nada. Se equivocó, y luego intentó convencerme de que lo habían detenido porque otra persona lo había delatado. Pero no ella, repetía con preocupación. No ella...

Esa noche las mujeres que estaban en casa de Carlota eran las dos nietas y las dos bisnietas: María de las Mercedes de la Plaza de Burguera, Consuelo Elena de la Plaza Fugger, Ana Dolores Aldrey de la Plaza y María Eugenia Burguera de la Plaza. Las vi de espaldas. Quizás si las hubiese visto de frente lo hubiese sabido. Hay brillos delatores en las miradas.

Tenía que concentrarme en el presente. Ahora yo volvía al mundo de los vivos para encarar los ojos de la montaña, sin la quietud de mi tumba de agua. Tenía entre mis manos una nueva oportunidad. Esta vez era como si Raúl me estuviera diciendo a mí lo que le dijo a Carlota aquella noche; me alertaba, me mostraba lo que esa mujer era capaz de hacer. Raúl parecía decirme que hacía ocho años lo había delatado a él, pero que esta noche había matado con sus propias manos. Presentía que por la misma razón. Yo no debí haber dejado las cosas así, pero lo hice.

Ahora mi papel era arreglar las cosas. Todo lo que estaba sintiendo de nuevo había sido consecuencia de ese vínculo extraño, religioso y solemne que acababa de iniciar en la playa. Si hay algo solemne es el miedo. Usted también ha sentido miedo. Todos lo hemos hecho. Debe saber entonces que tarde o temprano hay que darle una respuesta. Hay que dar un paso arriesgado cuando queremos conquistar algo. Eso fue lo que yo prometí, seducida por la calidez de ese desconocido. Prometí la venganza. Como le he dicho, la calidez les da sentido a las cosas. Recordé el beso y el susurro desde el alma desconocida que con generosidad me preguntaba: «¿Por qué, si estás llamada a ser alguien especial, llevas esa vida tan lúgubre?».

El sueño me lanzó hacia abajo, sentí la caída, dejé de flotar y me hice pesada. Esa fue la noche de mi resurrección.

MIRAMAR

I. Barco

Le gustaba sentarse en el vestíbulo cerca de la chimenea, en la silla que siempre lo aguardaba a esa hora de la tarde, justo entre la elaborada baranda protectora y la columna blanca acanalada que lo tapaba casi por completo.

La gente tenía unas extrañas formas de experimentar una falsa intimidad. Al estar su silla fuera del rectángulo persa desplegado frente a la chimenea, las personas creían estar lejos de la vigilancia de quien se sentaba a un metro de distancia. No es que él tuviese el aspecto de una persona que escucha conversaciones ajenas; por el contrario, era un agradable caballero inofensivo si no se lo conocía bien.

Es interesante este barco, pensó. Lo habían remodelado con la intención de evocar el brillo del Imperio español, ahora deslucido. Habían logrado la ilusión de un palacio flotante —como lo son todos los palacios aunque estén en tierra— y lo habían dotado de un servicio de comida excepcional.

Su labor, que consistía en escuchar a las señoritas y señoras que se acomodaban en el vestíbulo de primera clase, era placentera. Escuchaba quieto y feroz, con una curiosidad casi asesina, para profundizar en la naturaleza humana que siempre le había apasionado, pretendiendo entender cómo cada quién resolvía su existencia teniendo que recorrer a nado y en soledad la larga distancia que es la realidad. Allí inmóvil se entretenía, con la mirada clavada en la amplia ventana, la cual estaba atravesada por la barra que se tornaba oscura frente a la claridad que aún entraba.

Pasaba aproximadamente una hora sentado en su particular y cómoda atalaya, luego se levantaba, caminaba unos cuantos pasos, doblaba a su derecha y cruzaba una puerta ubicada del lado izquierdo de la chimenea, para entrar en el salón de fumadores. Decía adiós a las líneas curvas de pretensión renacentista de la portentosa chimenea, al rectángulo persa y las blancas figuras geométricas que adornaban el piso, y con ello daba el adiós a un ambiente femenino cargado de caros perfumes para entrar en un ambiente masculino, que olía a tabaco, a picadura de pipa, donde las voces de los hombres se esparcían suavemente entre el humo, como la atmósfera de un frío puerto de aguas tranquilas.

Allí se ubicaba en un rincón, junto a la soledad necesaria, desde donde escuchaba conversaciones en español, francés, alemán, italiano e inglés. Llegaban hasta él palabras que se repetían con frecuencia: «la Gran Guerra», «recesión», «petróleo», «astillero», «francos», «Nueva York», «compañía». Hubo otras que escuchó nombrar una sola vez: «Gardel», «la mujer», «la muerte».

Le hizo gracia lo poco que nombramos la muerte, no importa cuál lengua hablemos. Recordó aquella reunión reveladora en la que participó, con pocos invitados, en la casa de su amigo. Pensó que ya tendría tiempo para esos recuerdos. Ahora debía ocuparse de su objetivo antes de llegar a tierra firme. Ese objetivo lo hacía sentir poderoso, con un poder diferente al que había ejercido. Más brillante, más asfixiante.

Una vez inspirado por las voces humanas, con el caudal de ideas recogidas en su mente, se dirigía al salón de música, ubicado al lado de la sala de fumadores, lugar que a esas horas estaba casi desierto. Se sentaba en una amplia silla de roble con apliques de bronce frente a un gran espejo. Le gustaba tanto su imagen que casi podría decirse que era ella —su imagen— quien lo gobernaba. Entre los dos estantes de libros, junto a una mesa de lectura, el ególatra tomaba su estilográfica y unos papeles en blanco y comenzaba a escribir hasta la hora de la cena. Quería llevar registro de su hazaña.

En el comedor pasaba de ser un hombre callado y ensimismado a un hombre sociable. Compartía, casi siempre, la mesa junto a un grupo de ingleses cuyo destino final era Nueva York. Se ubicaban con frecuencia en la mesa central, bajo la gran lámpara que brillaba balanceándose y cuyos reflejos fugaces le recordaban el ímpetu del mar.

Esta era su rutina vespertina y nocturna; durante el día se dedicaba a otras cosas. Lo hizo durante tres semanas, hasta llegar al puerto de La Guaira. Ya en ese momento tenía su plan correctamente encaminado.

Se haría pasar por alguien más.

II. Accidente

Lo encontró accidentalmente.

Él tenía el rostro de la salvación. Los huesos de su cara se ampliaban en el contorno cuadrado de una mandíbula bien definida. Algo de suavidad le imprimían sus labios, prominente el de abajo, imperceptible el de arriba, y su recta nariz. Volvía a endurecerse aquel rostro en los pómulos anchos y bruscos que enmarcaban una mirada profunda y burlona. Tratando de concentrarse en algo menos violento, ella dirigió la mirada instintivamente hacia abajo, a la camisa blanca, pero algo la detuvo. La hendidura entre los huesos, en la base del cuello, le impidió cumplir su plan original, que era clavar los ojos en la arena de la playa y no moverlos hasta que el peligro hubiese pasado. La belleza era peligrosa.

Ella sabía que el permiso femenino del saludo masculino se evidenciaba en la mirada sostenida de la mujer. Supuso que estaba frente a un hombre educado y que, gracias a esa singular camisa de fuerza que es la educación, él seguiría de largo sin saludarla si ella bajaba la mirada. Valía la pena intentarlo. Pero esa hendidura en su cuello, con la que no contaba, detuvo el impulso del escape. ¿Qué podía hacer entonces? Solo volver la mirada hacia arriba y encontrarse con el dueño de ese inquietante rostro del cual había huido.

Vio cómo una mano alargada y huesuda tocaba un sombrero negro con agilidad en un gesto para saludarla. Y lo vio sonreír. Su sonrisa y la violencia de los surcos que lograba en su cara eran un ataque salvaje. Haciendo un esfuerzo respondió el saludo y continuó caminando por la playa.

Todo esto pasó, como pasan los accidentes, en unos segundos. El tiempo que tardan dos personas en saludarse en una playa cuando se cruzan en el camino, una de ida y la otra de vuelta. Ella no tenía dudas. Era una criatura peligrosa. Lo sabía porque su educación católica le había dejado claro cómo reconocer la tentación.

Es que la belleza tentadora condensa en un instante todo lo deseado durante la vida y hace sentirse miserable por no poder apoderarse de algo, como el despojo que deja el mar cuando se retira para siempre, como esas conchas secas y destruidas por la aridez. Como la condenada vecindad desértica y monótona de la arena frente a la grandeza en movimiento del agua.

La mujer se sintió inexplicablemente abandonada mientras veía a aquel hombre caminar alejándose. Cuando lo perdió de vista, siguió paralizada, sin tener ganas de continuar su paseo. Miró hacia abajo, hacia la arena que no pudo salvarla antes del temido saludo, y vio unos cangrejos pálidos y pequeños correr cerca de sus pies, entre unos pescados muertos, para luego esconderse. Sintió repulsión por ellos. No quería que su vida transcurriera de esa forma tan insignificante entre cosas inmóviles, una vez más.

III. Bar Americano

—Finalmente vendrá —sentenció el hombre sentado, mirando el mar.

—Sí vendrá; esto le pertenece —asintió el otro hombre.

—¿No le pertenece todo el país, acaso? —preguntó el primero, dando a las palabras una entonación muy particular. Esa entonación que solo logran producir quienes desde hace años miran los toros desde la barrera. Acto seguido, tomó un vaso corto que contenía tres sentenciados trozos de hielo en medio del líquido color ámbar.

—Así es —respondió el otro, reclinándose hacia atrás.

Estos dos caballeros eran Alejandro del Toro y Juan Francisco Baldó. El lugar era el Gran Bar Americano, ubicado en la planta alta del Hotel Miramar. Era la noche del 26 de enero de 1928. Una noche tragada por el mar, que en ese momento era gris y mostraba un horizonte difuso dibujado por las densas nubes repletas de agua.

Justo en el extremo contrario del salón, entró el hombre que frecuentaba el hotel desde que este abrió sus puertas hacía unos meses. El respetable doctor Pedro Enrique Santana. Toda una distinguida autoridad que rebosaba el aireado conocimiento que existe cuando los demás saben muy poco. Era ingeniero, historiador, escritor y diplomático. Su trayectoria en el ámbito académico era sólida y aún más en el reducido círculo del poder político donde tenía una dominante presencia. La aceptación del viaje a París para ejercer funciones diplomáticas años atrás obedecía, según contaban, a la necesidad de cambiar de ambiente debido a la muerte accidental de su esposa, ocurrida en Caracas. Ahora, el ingeniero se había mudado a la costa acondicionando la casa que la familia de su padre había dejado vacía al irse a la ciudad. Aunque no ocupaba ningún cargo oficial en la actualidad, formaba parte del directorio de la Cámara de Comerciantes y resultaba un hombre frecuentemente consultado por el presidente Monteverde.

De cabello canoso en las sienes y peinado hacia atrás, con amplias entradas en la frente, Santana mostraba un rostro singular. Tenía una mirada inteligente que se desprendía de unos ojos pequeños y claros. Su nariz algo abultada en la punta y los labios, que se encontraban acotados por los surcos que los años dibujan en la piel, terminaban de construir la fachada de un sujeto que se hacía dueño de las situaciones en forma casi natural. Aunque aparentaba contar con menos años, él, en secreto, sentía que era un hombre milenario. Sabía demasiado.

Al reconocer a Alejandro del Toro a lo lejos, atravesó el lugar, se le acercó y lo saludó demostrando afecto:

—¡Caramba, muchacho! ¿Qué hubo?

—¿Cómo está, don Pedro?

—Yo muy bien. Desde que estoy otra vez aquí, en nuestra selva.

—Sí, supe que había vuelto, pero no nos habíamos encontrado. ¿Conoce usted a Juan Francisco, naturalmente?

—¡Hombre, claro que sí!

Pronunció esas palabras dándole la mano al arquitecto, quien se había levantado de su silla para saludar al ingeniero.

—¿Cómo está usted, don Pedro Enrique? No lo veía desde París, hace algunos años. Fui con mi abuelo a su casa. Lo recuerdo gratamente —al decir esto, Juan Francisco Baldó debió experimentar alguna emoción, porque sus ojos brillaron y las comisuras de sus labios experimentaron un ligero temblor.

—Lo recuerdo. Mi padre también vivía en ese entonces —dijo Pedro—. Él decía que tu abuelo era de los arquitectos de verdad, no de los aduladores que abundan.

—Muchas gracias por sus palabras —respondió Juan Francisco. Esta vez no hubo ningún indicio de emoción en su cara. Al contrario, parecía haber una molestia contenida, por lo que Alejandro consideró necesario interrumpir:

—¿Por qué no se sienta, don Pedro? ¿Quiere un whisky?

El ingeniero respondió afirmativamente y se sentó en el sofá frente a los dos.

—Estamos aquí acompañando a Efraín —dijo el artista Alejandro del Toro, tomando la palabra y también el vaso rebosante de escocés—. Venimos con él desde Nueva York. Estuvimos asesorándonos en el Instituto Cinematográfico. Filmaremos una versión de Pierrot y Colombina aquí en Macuto. Usaremos los jardines del hotel. Incluso es posible que le pidamos a usted nos deje filmar en la parte posterior de La Pedrera, allí donde tiene la terracita, pegada a la montaña. Llegamos en el Armus con los actores que se embarcaron en España, hace unos días...

La conversación continuó. Los vasos seguían vaciándose. La noche avanzaba. En un momento de declarado silencio, cuando las palabras murieron, los hombres escucharon una carcajada torcida y violenta que se desprendió de la barra de licores y parecía transmitirse por dentro de los tubos de agua gasificada. Se trataba de la mujer francesa contratada para hacer el papel de Colombina. Era hermosa. De una forma cruel. Y distinta.

Los hielos, que tocaban los labios y el aliento de los presentes, se derretían con rapidez. Hacía calor. Se escuchaba el gramófono que derramaba la voz aguda del famoso argentino que muchos de los afortunados del lugar conocían: Te suplico que no vengas. Así cantaba Gardel interrumpido, y a la vez acompañado, por las carcajadas disonantes de la tergiversada Colombina que se había apoderado de aquel espacio, de la misma forma violenta en que un canario se apodera de una jaula.

Juan Francisco comentó que los actores de la película ya se sentían a gusto en el Caribe. Los tres hombres miraron a la barra.

Siguieron allí con una artificial familiaridad, en ese lugar enrarecido, mientras las ramas de la ventana seguían chocando insistentemente y el mar se iba haciendo cada vez más oscuro, alimentado por la tempestad que había alcanzado la costa venezolana.

IV. *Lobby*

Mientras los tres hombres estaban en el bar, se produjo un revuelo en la primera planta. De manera estruendosa habían entrado en el *lobby* cinco mujeres. Parecía como si un grupo de teatro de alta factura, al estilo de la Compañía Dramática, estuviese representando una obra. Las dos de mayor edad tomaban la delantera y quedaban rezagadas las tres más jóvenes.

—¡No es posible! ¡Es totalmente inaceptable! Los paraguas con los que cuenta este hotel son demasiado pequeños. Una se moja por completo. Un hotel con esta calidad tan cacareada no puede permitirse semejante falta de juicio. No sé cómo son las lluvias en las costas del lago de Constanza, pero aquí son distintas...

Estas fueron parte de la retahíla de palabras que vociferó la señorita Consuelo Elena de la Plaza Fugger. Al pronunciarlas se tocaba la frente con los dedos y los movía hacia atrás para asegurarse de que su peinado no se hubiese visto afectado por la lluvia que caía copiosamente.

Consuelo, aunque tenía cuarenta y siete años, mostraba un pelo negrísimo, sin una sola cana. Lo traía totalmente peinado hacia atrás en un moño bajo. Llevaba puesta una blusa gris de mangas largas, abotonada hasta el cuello, en donde prendía un lazo pequeño que mantenía una batalla incesante con la medalla del Sagrado Corazón de Jesús y la consabida inscripción: *En vos confío*. A Consuelo Elena no parecía importarle su apariencia, más allá de asegurarse de dejar expuesta la menor superficie de piel posible.

—No es para tanto, Chela. Lo importante es que ya estamos aquí —fueron las tranquilizadoras palabras de Mercedes, su hermana. La voz sonó como una pequeña y fresca cascada de agua que irrumpía mojando inútilmente un bloque de piedra. Ese era el juego que las hermanas siempre habían jugado.

Mercedes, la dueña de unos carnosos labios rojos perfectamente delineados y de unos ojos marrones brillantes, era tres años menor que su hermana Consuelo. Esa noche llevaba un vestido rosa de mangas cortas. La prenda revelaba un discreto escote. Adornaba su cabeza con un sombrerito negro que dejaba ver algunos mechones marrones de un pelo encrespado que terminaba de golpe a la altura de su barbilla.

—Haga usted el favor de verificar nuestra reservación —dijo Mercedes al recepcionista del hotel—: la señora Mercedes de la Plaza, viuda de Burguera; la señorita Eugenia Burguera de la Plaza; la señorita Consuelo de la Plaza Fugger y las señoritas Aldrey de la Plaza.

Eugenia, la hija de Mercedes, se adelantó y se ubicó al lado de su madre mientras esta hablaba. Era de baja estatura y de contextura gruesa. Tenía el pelo negro, algo escaso, peinado hacia abajo. Su cara parecía la de una ardilla que se había humanizado: lucía inquieta, agresiva. Puso las dos manos sobre el mostrador como queriendo adueñarse de él; los dedos hinchados que apresaban varios anillos brillantes se estacionaron en la tímida superficie caoba y sus brazos detonaron el ruido de varias pulseras que chocaron entre sí. La última, llena de granates, se la había puesto con violencia horas antes, cuando vio a su madre excesivamente arreglada.

—Un placer atenderlas, señoras y señoritas.

Esto lo dijo el señor Peter de Hass, conserje del Gran Hotel Miramar, quien, al darse cuenta de la algarabía iniciada por la mujer, apuró su paso, abandonó su escritorio ubicado cerca de la puerta principal y se dirigió al mostrador de la recepción. El conserje sabía que algunas personas requerían un manejo especial para no alterar con sus necedades la buena marcha de las cosas.

—Buenas noches —continuó diciendo De Hass, mirando directamente a Consuelo—. Le ruego disculpe el inconveniente por los paraguas. Sin ninguna duda tiene usted razón. Yo mismo elevaré su queja a la gerencia y tenga la seguridad de que tomaremos las previsiones para que nuestros huéspedes puedan sentirse a gusto.

Mercedes pensó que el hombre debía ser suizo, así como lo eran los otros miembros del personal.

Consuelo recibió con desgano las disculpas del conserje, lo cual quedó demostrado en su parca respuesta:

—Gracias, y espero que así sea. ¡Por el amor de Dios!

El joven detrás del mostrador, quien había recibido el chapuzón del reclamo de los infelices paraguas, el bálsamo tibio de las palabras de la señora bonita y el ataque mineral de la gorda llena de joyas, comprendió que era su turno de hablar, sintiéndose amparado por la mirada del señor De Hass.

—Para nosotros es un placer recibirlas. Hemos dispuesto dos habitaciones, tal cual nos fue solicitado. Son las habitaciones número 22 y 24. Se ubican en el segundo piso en el área central. La primera cuenta con tres camas, una terraza con vista al mar, baño privado y agua caliente. La habitación 24 cuenta con dos camas, un balcón con vista al mar y a la montaña, e igualmente tiene baño privado y agua caliente. Los botones les llevarán su equipaje. Cualquier cosa que no esté a su gusto, no duden en llamarnos a través del teléfono que encontrarán en las habitaciones.

—Muchas gracias. Y a usted también, muchas gracias —estas últimas palabras fueron pronunciadas por Mercedes y dirigidas al conserje, a quien le dedicó una innecesaria sonrisa mientras tomaba las llaves.

Dos muchachos vestidos de blanco cargaron el equipaje y las condujeron camino al ascensor.

Las otras dos mujeres que conformaban el grupo eran Dolores y Margarita Aldrey. Iban caminando relegadas, desorientadas. Fingiendo una lentitud de movimientos que no comprendían del todo. Hacía pocos días habían desembarcado del Armus en este país sospechoso, muy callado.

Dolores era alta y decidida. Ojos pequeños, cejas pobladas, nariz levantada y cara un poco redonda. Su pelo era largo, abundante y rizado, pero no le importaba llevarlo de esa manera sin atender la usanza moderna. Se adelantó a su hermana, caminando más rápido, porque ella debía hacerse cargo; era la hermana mayor. Vestía una blusa sencilla y una falda displicente color ocre —recordaba cuando la había comprado, allá en su lejano y querido Biarritz—. Al moverse con rapidez parecía que la tela le transmitía aquella fuerza hosca pero necesaria que su espíritu no conseguía aún. Sus pasos parecían firmes, conducidos por unos zapatos de tacón que combatían el piso cómplice de aquel extraño país. También adelantó a su prima Eugenia, quien le pareció esa noche más antipática que nunca.

Llegaron al ascensor. El camino les había resultado largo, aunque fueron pocos pasos. Llevaban a cuestas pensamientos, de esos que fatigan a los caminantes. Algunos, los más pesados, eran opacos y fríos, como la muerte misma. El muchacho con cara de benevolencia abrió la reja y las invitó a pasar.

La última en entrar al ascensor fue la joven Margarita Aldrey. Aunque tenía dieciocho años acabados de cumplir, su apariencia era la de una persona de menor edad. Con un fresco vestido color turquesa, contrastaba con el resto de las viajantes, de la misma forma en que una luciérnaga contrasta con el oscuro espacio que la sostiene. La puerta del ascensor se cerró. Nadie habló. El aparato hizo el ruido perturbador que hace el progreso cuando todo está en silencio.

El joven del mostrador y el conserje quedaron en la primera planta, con la sensación de que en algún momento bajaría el telón. Finalmente, el señor De Hass comentó entre dientes que esperaba que nadie más llegara en esa condenada noche.

Una señora del servicio de aseo apareció de repente para secar el agua que había sobre el piso de la entrada. Los truenos la hacían persignarse. Parecía que intentaba terminar su faena antes de que un rayo decidiera entrar y alcanzarla. Luego se fue caminando asustada, invocando en voz alta a San Francisco de Asís.

Los deseos del conserje no fueron escuchados. Media hora más tarde llegó un caballero para registrarse. Le fue asignada la habitación número 25, la mejor de las 83 habitaciones del hotel.

Venía acompañado de dos sujetos. Se registró sin ningún aspaviento y subió a la habitación.

De Hass se preocupó.

V. Conspiración

Horas más tarde de la llegada de las De la Plaza, en el ambiente solitario del *lobby* se encontraban dos hombres sentados. Uno de ellos, el más joven, estaba siendo vigilado por sus dos guardaespaldas.

—Usted es un hombre instruido —dijo—. ¡Dígame qué coño significa eso!

El hombre tiró sobre la mesita lo que parecía un libro pequeño de tapa dura, color azul índigo, sin identificación alguna. Era un tomo delgado de no más de 50 páginas, estimó su interlocutor.

—¿Y eso qué es?

—El dichoso cuentecito.

—¿Cuál cuentecito?

—El de la vieja De la Plaza, metida hasta la cabeza en la conspiración que descubrimos. Donde estaba el cura. Ella tenía ínfulas de escritora y escribió eso. Para mí son una pila de idioteces, pero Marcadet no opina igual. La vieja financiaba esas publicaciones y las distribuía con Dupovny, su amigo de la imprenta. Las traían de la isla. Marcadet convenció al General de que allí hay algo que no hemos podido descubrir. Yo pienso que estamos perdiendo el tiempo; igual piensa mi abuelo Fausto. La conspiración, que sí concuerdo en que sigue viva, no se hace escribiendo zoquetadas. Y mucho menos se enfrenta leyéndolas. ¡Lo que buscan es asesinarme! ¡Qué carajo!

El hombre hizo una pausa para no terminar de perder los estribos. Luego continuó:

—Ellos creen que allí hay algo importante y que usted puede encontrarlo. Usted sabe que lo que estamos buscando es lo mismo que buscamos desde hace ocho años. Un nombre.

—Entiendo —dijo el otro hombre. Y se calló.

—El gran error que cometimos fue no creer que la vieja Carlota estaba financiando los intentos de derrocar al General. Nadie podía creerlo. Y por respeto a la familia, sobre todo a mi abuelo, no investigamos más. De hecho, dejamos a la familia en paz. Allí hemos tenido consideración. Nos conformamos con agarrar a los otros y a ella la perdonamos porque ya no duraría mucho más. Pero hemos encontrado varios de esos libros y otros materiales. Hay alguien trabajando en la sombra, frente a nuestros propios ojos —mostró en su mirada un brillo fugaz. Otra vez arremetía la cólera—. Tenemos información desde París y Berlín de que andan moviendo algo. Esta vez un atentado contra el General y contra mí. De hecho, el General no vendrá al agasajo del piloto, pero yo sí estaré aquí. Y estaré alerta.

El interlocutor sabía muy bien por qué estaban en contra de él. José María Vicente era el hombre más autoritario del Gobierno. Con sus treinta y dos años había logrado ser la mano represora por excelencia, la más pura. No era raro que quienes conspiraban contra el Gobierno quisieran freír su cabeza en aceite hirviendo.

—Entiendo. ¿Y tú lo leíste? —preguntó Pedro Santana.

—Leí lo que aguanté. No todo. Para eso tenemos gente instruida de nuestro lado —respondió el ministro y continuó diciendo—: gente que entiende el sentido figurado de las palabras. Al principio pensamos que era un cuento en contra de la Iglesia, por lo del demonio, pero parece que lleva una carga importante que sustenta una revuelta. Tendrá algunos códigos que no entendemos. No sé cómo hicieron para distribuirlo. Recogimos los que pudimos. A mí no me preocupa eso, pero si hay un atentado nuevamente, lo que queremos es agarrar al jefe de este asunto. Hemos detenido a algunos muchachos que están haciendo reuniones. Usted pertenece a la directiva de la Cámara de Comerciantes y es más diplomático que mi abuelo. Tiene un temperamento que le permite colarse mejor en varios ambientes. Queremos que nos ayude a averiguar, que esté atento a cualquier señal de alguien que no sea confiable. Necesitamos guante de seda antes de sacar la espada. Así que tiene que apoyarnos en esto. ¡Lea eso a ver si entiende algo! Debe prestarnos su intelecto.

Esto último lo dijo en un tono irónico, casi burlón. Sin embargo, Santana no se dio por aludido. Sobre él descansaban tres pares de ojos: los del ministro José María Vicente Palacios, quien le estaba haciendo el encargo, y los de los dos hombres de piedra parados a su lado.

—Muy bien. Entonces me llevaré a casa la tarea de Atilio Marcadet. Mañana conversaré con él.

Le dio la mano y salió del lugar.

Indalecia

IV

Estuve soñando y la última parte de mi sueño, que debe haber sido muy largo, me mostraba el comedor de Carlota. Los invitados estaban sentados. Ella salía de la cocina y detrás venía Antonia, llevando una gran bandeja. Comenzaron a servir los platos, que parecían contener carne cruda. Todos los comensales hablaban al mismo tiempo. Me molestaba el desorden, el ruido. Sobre los platos blancos se derramaba un líquido rojísimo. Carlota dijo que iban a comer algo que nunca habían comido y una voz teatral, que salía de alguna parte, preguntó: «¿Es él? ¿Lo comeremos a él?».

Desperté sobresaltada. La claridad de mi cuarto me alarmó aún más: debía estar iniciándose la tarde del día 27. Había dormido toda la mañana, a pesar de que yo no dormía casi nada. Creí entonces que la impresión del hombre de la playa me había cambiado mucho más de lo que yo pensaba. Estaba cansada y emocionada a la vez. Pero no tenía las ideas claras en mi cabeza. Al contrario, parecía haber una bruma colonizando mi mente. Esa sensación de extravío que se inició en la noche estaba mucho más presente al despertarme.

Miré la mesita junto a la cama; había triunfante una taza de café. Ruth me la había traído. Ella regularmente no hacía esas cosas, pero yo tampoco hacía normalmente lo que estaba haciendo. Debía estar extrañada de no haberme visto deambular por la casa y esa podía ser su forma de manifestar preocupación. Me senté con una sensación extraña en el cuerpo, como si estuviese despertando de un sueño perpetuo. Me vi a mí misma como una desahuciada que apenas comenzaba a probar nuevamente el movimiento de la vida.

Incluso desplazarme para tomar la taza me resultó doloroso; los músculos de mis brazos estaban rígidos. Tomé un gran trago de café frío. Tenía un sabor raro, dulce y metálico. Sin embargo me lo tomé porque lo necesitaba. Me pareció percibir un desagradable olor a comida. Ruth debía estar en la cocina preparando algo. La verdad es que para cocinar bien uno debe ser una persona equilibrada y ese no es el caso de mi hermana.

No quería verla. No tenía ganas de explicarle sobre las últimas horas de mi vida, de mi nueva vida. Terminé el café mirando la ventana, o más bien, la cortina amarillenta que cubría la ventana. No deseaba moverme.

Supuse que nadie me había visto mover el cuerpo del hombre porque, de haberlo hecho, ya habrían tocado la puerta de la casa y Ruth me habría despertado antes.

Decidí seguir durmiendo un poco más, pero primero tendría que asearme. Cuando me desarropé, vi mis piernas. Estaban sucias, llenas de barro y de sangre seca. ¿Cómo había podido dormir así? Me estaba sorprendiendo a mí misma, pero eso no era del todo malo. Bajé de la cama y al apoyarme en el piso sentí dolor: las plantas de mis pies estaban heridas. Caminé hasta el cuarto de baño. Mientras la bañera se llenaba yo veía hipnotizada el movimiento del agua y me olvidé de mis heridas y del dolor. Me acosté, me sumergí apoyando la cabeza en el borde de la bañera. Lo último que recuerdo, antes de quedarme dormida, fue un pensamiento sobre las figuras mitológicas que danzan enloquecidas al borde de los abismos.

Tuve otra pesadilla. En ella era alguien que no quería ser.

Sabe, yo he leído de todo menos las teorías psicológicas. Sé que descubriría cosas de mí que no me gustarían nada, además de las que ya he descubierto de manera fortuita. Me encuentro entonces desprovista de herramientas científicas para analizar mis sueños. Sé, por sentido común, que uno va acumulando sobresaltos secretos y engañosos que después resplandecen victoriosos en ellos. Pero si solo hubiese sido eso —los sobresaltos vividos— lo que aparecía en mis pesadillas, no habría sido tan malo, porque seguiría contando conmigo misma para darme una explicación. Ahora sé que las teorías psicológicas no me habrían servido de nada, aunque las hubiese conocido.

Soñé otra vez con Carlota. Le tenía miedo a su casa y a ella. Eso en la realidad nunca fue así, yo no creía lo que decían en el pueblo. ¿Habría vuelto de la muerte más cobarde? ¿Usted imagina un suplicio mayor que vivir la vida siendo uno, pero cargando a cuestas los prejuicios de los otros, además de los propios? No imagino una cruz más pesada que esa sumatoria de miedos. ¿Lo ve? Hablo como una creyente convencional. He dicho «cruz pesada». Supongo que haber rezado el padrenuestro en la playa tuvo sus consecuencias. No debió haber sido tan inofensivo como creía.

El hecho es que la Casa de Arena me resultaba aterradora. Era como si yo me hubiese convertido en el pueblo, como si fuese la encarnación de lo colectivo, con esa moral exagerada y equivocada. Más que una casa misteriosa, para mí era una blasfemia, un lugar de pecado. El «ángel del hogar» no la habitaba y eso parecía ser a mis ojos un cataclismo. Las trinitarias que rodeaban la casa eran una mueca. Incluso las flores me ofendían.

¿Sería yo así realmente? ¿Sería yo igual a mi madre, sin saberlo? ¿Estaba intoxicada de una mente común y prejuiciosa que me invadía temporalmente? ¿O, por el contrario, quien había vivido toda mi vida no era realmente yo, sino que yo era esta mujer primitiva y odiosa, alguien que igualaba la vida a la limpieza, al arreglo, la suavidad y la organización de una casa? Ese engendro desalmado, esa construcción perversa de la existencia femenina me había raptado a mí también.

Después comprendí que no era yo la que soñaba. Era alguien que me transmitió sus temores para que yo los sintiera: mi madre.

Mi madre, doña Aurelia de la Huerta, era una mujer que sufría perennemente de miedo. La frase angustiante que la resumía toda era: «Estoy mortificada, toca mis manos».

Cuando murió, debió haber descansado. No sé si hubiese querido llevarse a alguien con ella. Aunque decía que quería ser santa, sé que el temor a la soledad puede convertir la santidad personal en un egoísmo supremo. La soledad temerosa es capaz de destruir muchas cosas, porque no es el estadio que uno construye voluntariamente para uno mismo. Definitivamente, era mi madre quien me había prestado sus pesadillas o, peor aún, había ocupado las mías. Fue por culpa del beso, el beso de la playa que despertó a mis muertos.

Ahora, despierta y en plenas facultades de mí misma, mantengo mi fascinación por la Casa de Arena. Esa casa siempre fue una provocación para sumirse en la oscuridad, en el lado inmaterial de la vida. Era un templo para creyentes de ideas y no de dogmas. No hay nada más peligroso ni más oscuro que una idea propia frente a la claridad de la costumbre.

Esa provocación puedo verla en sus ojos. Le aseguro que puedo verla. Es usted un hombre peligroso y provocador. Usted sabe que uno se eleva cuando se aleja de la naturaleza original de las cosas. Sabe que las ideas lo ponen a uno en otro lugar. Sus ojos también están malditos para este pueblo, porque la vida es una maldición en el reino de la muerte.

Carlota, en mi pesadilla, estaba sentada de espaldas. Veía su cuello y su pelo amarrado, sujetado por un gancho que yo conocía. Un gancho largo que parecía una lanza con piedras incrustadas, con el ojo turco en el centro. Veía sus pendientes balancearse. Esta vez eran muy largos (esta sería una crítica de mi madre). Sus brazos estaban cubiertos por esa blusa negra adornada de encaje que siempre admiré (esta apreciación se parecía más a mí). Era Carlota como la había visto en los retratos antes de venir a Macuto. ¿No le parece a usted que, cuando soñamos, nuestros ojos no están donde deben estar? Uno tiene como múltiples ojos: a los lados, detrás de las orejas, ojos externos reticulares, como las moscas.

Sobre la mesita a su lado, había una copa pequeña que contenía un líquido oscuro. Su mano izquierda estaba arrugada, muy arrugada. Era como un pergamino que le cubría los huesos con unas letras escritas. Esa imagen intentaba convencerme de que ella era extraña, poco humana: una momia disfrazada de mujer con letras escritas en su piel. Tomaba la copa, la llevaba a sus labios y la volvía a depositar en la mesa sobre el mantel tejido que se extendía hacia abajo en forma exagerada.

La copa con el líquido oscuro se le cayó. Se esparció sobre el tejido vertiginosamente. Creo que ese derramamiento lo soñé porque quedé impactada con la sangre que salía del muerto. Yo estaba asomada desde afuera; mi intención era permanecer oculta, porque —como le digo— tenía miedo. Ella conversaba con alguien. Hablaba con una mujer sentada en el sofá. De pronto, Carlota volvió la cabeza. Me vio, pero simuló no haberme visto. La cara de Carlota era diferente, era una persona que no conozco. Una mujer joven de ojos agudos. Podría ser quizás el rostro plasmado en alguna pintura española, cargado de vida, de contrastes. Una mujer que de alguna manera era superior. Quizás con apariencia de gitana (esta sería otra apreciación de mi madre, quien parecía estar empeñada en contaminarme en el sueño y estaba obsesionada con las gitanas).

Carlota emitía una voz ronca, animal. Hablaba sobre la ventana, la ventana de siempre. Había un grupo de abejas enormes tras el cristal que hacían un ruido muy desagradable. No me gustan los animales cuando están en grupo, ni siquiera las libélulas. Siento una corriente fría en los antebrazos cuando los veo; me parece que se desnaturalizan, se vuelven indecentes. Prefiero la ficción poética de la individualidad. Tampoco me gusta la gente cuando está en grupo. Creo que no me gusta la gente casi en ningún estado, a menos que esté muerta. Todas las personas que me han resultado simpáticas han muerto.

La mujer enrarecida de mi sueño decía que la ventana mostraba el sistema final y que la línea de la ventana paralela al mar era el *anima mundi*. Que debajo de ella había todo tipo de monstruos. Le decía a la otra en la penumbra que ella estaba rodeada de seres peligrosos.

—Yo misma he sido un monstruo —dijo.

«Yo misma he sido un monstruo»... Esa declaración me pareció pavorosa porque confirmaba lo que yo estaba viendo: una momia disfrazada de mujer hermosa. Alguien peligroso.

Junto a la ventana estaba la pintura que contribuyó a acabar con la reputación de Carlota. La pintura y las ediciones de aquel cuento del «demonio joven». Sabe, voy a confesarle algo. Yo escribí algunas páginas:

El demonio joven se atrevió a dudar, contraviniendo las tres reglas de la maldad establecidas al principio de todo, y se hizo la pregunta fundamental: ¿y si pudiéramos desembarazarnos del mal como lo hacemos de la leche rancia?

Dígame, ¿le gustó nuestro cuento? Supongo que sí. Hay tantas cosas que usted no me ha dicho. Entiendo que ahora no puede hacerlo. Me encantaría saber si lo considera brillante o tosco. Me gustaría saber su opinión verdadera, no la que considere adecuada exponer. Lo adecuado no es más que un disfraz. Me gustaría saber si para usted tiene la fuerza avasallante de las ideas. Yo he leído algo de literatura y mis libros preferidos son aquellos que dicen en forma ordenada lo que yo he pensado en forma desordenada. Como si en alguna parte hubiese un escribiente de mi propia vida que descubriera una belleza que yo no sé describir pero que conozco. Es reconfortante que alguien distante, en tiempo y espacio, se parezca a uno. Es una señal que recuerda el nexo original. Para mí, esa es una prueba de cuánto nos necesitamos como especie; una pieza arqueológica del mundo humano posible. Algo que empezó con la primera trayectoria dibujada por algún hombre en alguna cueva del Cantábrico o de cualquier parte. Finalmente, uno cree, aunque sea por segundos, que sí es posible encontrarnos. Esa idea siempre me ha obsesionado. La idea de la trayectoria original, la de la mano del hombre que dibuja en las piedras. Creo que las personas somos eso desde la prehistoria hasta el día de hoy: somos dibujantes en la oscuridad que imaginamos figuras rojas y negras.

¿Usted ha entrado en casa de Carlota Florencia de la Plaza Verois? Claro, por supuesto que ha entrado, yo misma lo he visto hacerlo. Ha entrado allí muchas veces. A veces olvido el papel que tiene usted en todo esto. A mí, todo lo que allí había me parecía inquietante. Las pinturas, los murales, los libros. Nunca mi casa tuvo nada igual. La mía solo estuvo llena de santos y vírgenes. Gracias a Ruth, que se había encargado de sacarlos del cuarto cerrado, desempolvarlos y sembrarlos por todos los rincones. El Corazón de Jesús del comedor, que tenía más de cien años allí, me ponía triste desde niña. Aún sigo sin entender por qué.

Es mentira, ahora lo sé. Es que he mentido tanto a lo largo de mi vida que no pierdo la costumbre, ni siquiera en medio de la conversación más interesante que he tenido. No me gustaba el Corazón de Jesús porque en su cara residía la reprobación perenne. Para Ruth, en cambio, significaba una serenidad totalizante. Era terrible llegar a la casa y, con solo abrir la puerta, encontrarse con la mirada aceitunada y acusadora de ese cuadro. Entraba en tu interior con ese tono dulce y amigable y una vez adentro inflamaba todo. No sé de qué forma mi abuela había logrado ubicar ese cuadro, porque él era lo primero que uno enfrentaba al entrar. Puede ser que lo que soy hoy tenga mucho que ver con eso.

Usted lo sabe de sobra: solo la política y la religión nos permiten ser otras personas, o muy parecidas a lo que se espera de nosotros o muy diferentes. Rodeada de divinidad aprendí el mundo de manera diferente, como si estuviera siempre pendiente de las incongruencias. Por ejemplo, no entiendo cómo este país llena de santidad las paredes y a la vez es indiferente al sufrimiento. Uno de mis problemas es que veo anormalidades donde nadie las ve. Padezco alucinaciones conceptuales, seguramente.

También padezco alguna alucinación en cuanto a la política. La veo diferente a como la ven estos caballeros. Siempre entendí la política como el espíritu apasionado de las distribuciones caseras cuyo espacio natural es la cocina, la sala, el recibo o el comedor. Tiene que ver con esa sensación de espanto que sentía yo ante el movimiento discrecional del brillante y bonito picatorta de plata, cuando atacaba la virginal torta en la mesa de la cocina de la abuela, y con mi asombro ante el gran pedazo que gentilmente las manos femeninas ofrecían a algunos y no a otros. Solo a algunos. El pobre espíritu de la equidad debía salir espantado de allí por la puerta batiente de atrás porque creo que solo yo, entre todos los presentes, podía verlo. Como le digo, siempre me fijé demasiado en las incongruencias.

V

Recuerdo la primera vez que vi la sala de Carlota. Mi gran asombro porque no había pupila sagrada que te mirara desde las paredes, solo la luz licuada, la naturaleza, hombres y mujeres. «La naturaleza, si creemos lo suficientemente en ella, es absolutamente buena», leí una vez. Recuerdo el libro, lo devoré en unos días. Que la casa de Carlota fuera lúgubre era mentira. Una luz distinta residía adentro. Y así demostraba que no es la maldad la que se esconde bajo la bondad, sino al contrario. Que cuando una corriente social plagada de prejuicios declaraba malignidad estaría equivocada, y solo los verdaderos humanos podían traspasar el miedo y encontrar la verdad. Esa era la humanidad para ella. Esa era su tesis definitiva. La bondad humana nace de la duda existencial del demonio joven cuando se pregunta sobre sí mismo. El manto de oscuridad era solo una prueba.

En el salón principal de la casa de Carlota, junto a la pintura pequeña, está la ventana. No sé si usted la recuerda. ¿Alguna vez se fijó en ella? La ventana compuesta por cuatro hojas de vidrio coloreadas. Una de ellas, la hoja inferior izquierda, es color púrpura y tiene grabada en un borde un óvalo, del tamaño de una moneda, que encierra un báculo. La hoja de cristal contigua es color rojo vino y en ella el óvalo grabado encierra una espada. Las dos hojas de arriba son color ámbar la izquierda y azul verdoso la derecha. Los óvalos encierran la figura de un lobo y de una embarcación, respectivamente.

El recuadro púrpura y el rojo, no solo en mi pesadilla, sino en la realidad, atraen más a los insectos. Porque están dispuestos en la parte inferior y más cerca de la hilera de flores que rodeaba la casa. Es posible que deba detener el relato de mi pesadilla y explicarle ahora la clasificación que Carlota hizo de las personas y que representaba en su ventana, si me lo permite.

Ella desarrolló una obsesión por tipificar a las personas y por plantear alguna regla simple que nos ubicara en un cuadrante. En las tardes tomaba licor de crema de Amphoux —al menos lo hacía en esas tardes— y se ponía muy habladora. Me explicó con lujo de detalles el gran significado de la ventana. Es como si la oyera en este momento. Usted no la oye, ¿verdad? Como mi cabeza está tan llena de voces debo comprobarlo todo. Oigo su voz en este momento...

En el cuadrante inferior derecho, color púrpura y sacramental, ella ubicaba a la gente que, aunque pensara en algún rasgo universal utilizaba con afán la reprobación de los demás, como la gente muy dogmática.

En la hoja inferior izquierda, que es color sangre, incluía a la gente cuyo afán es destruir a los demás para lograr sus objetivos, como quienes nos gobiernan.

El cristal superior izquierdo era ámbar —como los frascos de laboratorio que evitan la desnaturalización del contenido— y allí incluye a gente que pertenece a nuevas sectas de conocimiento y de agresividad inteligente, como la de los lobos.

El último cuadrante lleva el color pretencioso del mar y está formado por aquellos que tienen la sensación de perder el rumbo pero que saben que la capacidad vital es la de reinventarse por medio de una idea, no solo argumentada sino entusiasmada, donde sea posible necesitarnos. Este cuadrante azul es la invención del vínculo universal, que a su vez es la convicción de los naufragantes de que están todos en la misma balsa y corren la misma suerte. La invención de los seres ilusos que defendemos un sistema de reglas, el cual por el momento no ha podido imponerse, pero que sería el único que nos podría llevar a puerto seguro. Los náufragos defensores del único nexo social posible, que es el que nace de la necesidad radical de vivir. De lo que se trata, únicamente, es de vivir. ¿No es cierto? Ese es el argumento y la estrategia que compartimos genuinamente.

Cada persona tiene su alma teñida predominantemente por un color. Podemos ser complejos, inconsecuentes, contradictorios y ambivalentes, pero nuestra alma tiene, sobre todo lo demás, un color. ¡Usted tiene el alma del color de sus ojos!

Todo esto que le he dicho, así de inspirador y sublime, lo aprendí de Carlota. Pero en mi pesadilla todo esto estaba ausente. Todo era malvado. Sin explicaciones. La esencia de las pesadillas es que no hay conocimiento ni razonamiento en proceso. Todo está dado y creemos saber la verdad de las cosas. Y esta verdad siempre es fatal. Como si las representaciones colectivas de la desconfianza se apoderaran de nosotros y fueran la única regla. Como si no tuviésemos el más mínimo gramo de autonomía y estuviésemos aplastados por esa *anima mundi* de la que hablaba Carlota.

Yo no lo imagino a usted teniendo este tipo de pesadillas.

Donde los prejuicios que más ha rechazado se hicieran sus dueños. Aunque me está mirando como si me comprendiera. Viéndolo bien, su mirada es también aceitunada, pero muy diferente a la del cuadro. No me hubiese importado llegar a casa y verlo a usted mirándome al entrar...

Volvamos a mi sueño. Disculpe mis distracciones.

Lo que decía Carlota era grave. Que ella había sido un monstruo. Yo debía informar eso. Informárselo a alguien. Ahora pienso que ese alguien era un ser despreciable. Ahora, que sé todo lo que significó ese sueño y los que continuaron.

Yo debía llegar a la iglesia del pueblo, pero no sabía el camino, estaba perdida. Comencé a caminar angustiada hacia alguna dirección. Veía el camino de piedras junto al abismo. Decidí continuar y no lanzarme para acabar con todo. Ese ser repugnante y temeroso que era yo, en esa pesadilla, al menos conservaba algún optimismo. Lo digo porque decidí continuar.

¿Quién me habrá enseñado a ser optimista en mi crianza? Es una pregunta que todavía me hago. Es bueno que uno sepa a quién le debe las cosas trascendentales. En mi familia a veces no encuentro a quién deberle lo que soy. Pienso que me crie yo misma, en medio de algún abandono, pero al final concluyo que mi optimismo tiene que ver con el estuche de los binoculares de mi papá. Eran negros, brillantes y descansaban en un estuche de cuero del mismo color, aunque opaco. Tiene que ver con esos segundos que transcurrían entre abrir el estuche, sacarlos con la ayuda de sus manos y aproximarlos a mis ojos. Ese paréntesis vital de emoción y de aventura, que a final de cuentas es el optimismo, podría debérselo a esa práctica.

En la pesadilla, mientras andaba por el sendero de piedras vi a un monje capuchino caminando hacia la iglesia. Lo vi de espaldas. Decidí seguirlo. Entró en un confesionario que estaba en otra parte, no donde debía estar. Yo también entré y luego me estaba confesando. Yo, confesándome... qué despropósito.

Las rejillas eran densas, no dejaban ver nada, solo la boca del sacerdote. Labios finos y negros y unos dientes amarillos. Me confesaba, pero mi respuesta al «Ave María Purísima» fueron las palabras «hoy va a escaparse», que dije casi con un susurro. Un susurro incandescente. El interior de esa iglesia estaba lleno de insectos muertos, pero a nadie le importaba, todos los pisaban. Era Semana Santa. Olía a incienso.

Mi angustia, después de esa singular confesión, era salir de allí y llegar al lugar correcto. Vi el cuadro de San Miguel Arcángel que una vez estuvo en la casa. Era el mismo, estaba rasgado y colgaba de una pared en la nave lateral. Se cayó haciendo un ruido impresionante y pareció salir volando de él un sobre, que aterrizó en el piso como un pájaro confundido que lograra su liberación. Lo agarré porque consideraba que ese sobre era mío y que era importante. Tuve la certeza de que, saliendo por allí, por esa nave, retomaría mi camino.

En el piso también había sangre. Escapé y salí por otra puerta; vi un hombre sentado en un banco que resultó ser el banco del jardín del hotel, mi banco predilecto, el que está escondido pero que se ve desde la montaña. El hombre estaba cayendo de lado y sus ojos quedaron abiertos.

No era Raúl. Llegué hasta él y no era Raúl.

Yo debía volver, no sabía dónde estaba y se agotaba el tiempo. Comencé a caminar, pero luego corrí porque me perseguían los perros de Marcadet. Se habían soltado, escuchaba cómo jadeaban y pensaba en sus colmillos. Venían tras de mí. El dueño de los perros miraba de lejos, junto al pastor alemán que siempre estaba a su lado. Me alcanzaron, esperé las mordidas, pero de pronto siguieron de largo. No venían por mí, sino que perseguían a un hombre. Era el hombre de la playa, no tenía rostro. Creo que lo alcanzaron.

Yo tenía los binoculares de mi padre.

Todavía cuando la vida me regala ese olor a cuero me siento feliz. Con esa felicidad huidiza de la que le hablé.

Cuántas cosas deben existir que nos harían felices, ¿verdad? Mirar más allá, escapar... sé que los hombres pueden escapar. Tienen más maneras. Él, mi papá, lo logró; incluso nuestro jardinero, Alfonso. Trabajaba desde el amanecer y luego jugaba gallos. El lado pizpireto de la familia se indignaba ante tal gusto e intentaba educarlo. Fíjese cómo todos comprendemos la afirmación natural que establece que alguien trabaje mucho para jugar. Ninguno comprendería una afirmación que sostuviera que alguien pueda jugar mucho para trabajar. Lo comprensible es jugar. Lo otro necesita explicación. Entonces deberíamos llenarnos siempre de buenas explicaciones que permitieran el escape de cada uno.

O como decía Raúl: «Lo mejor sería que todo lo que hiciéramos lo hiciéramos con la misma pasión con la que jugamos. Bienaventurados quienes, al trabajar, sienten que juegan».

Esa homilía no gustó a casi nadie porque parecía no estar a tono con la necesidad de martirio tan predominante en las mentes de los creyentes. Fue prácticamente una blasfemia.

En este punto del sueño sí me parecía a mí misma. Me había reconciliado con mis ilusiones fallidas. Ya no era mi madre, ya no era como la gente, era semejante a papá.

Miré a través de los binoculares.

Marcadet estaba fumando su pipa. Enfoqué su cara moviendo la pieza circular que se encontraba en medio de los lentes. Atilio Marcadet no tenía ojos, solo dos grandes huecos blancos.

Tuve que volver al inicio, pero no recuerdo cómo. Allí tengo una laguna. En mi vida también tengo lagunas.

Carlota seguía sentada y repetía que estábamos en el sistema final. Hablaba de la línea del *anima mundi* y otra vez volví a ver las abejas que querían atravesar el cristal. Pero ya no me asustaba. Ahora era mi Carlota, la sabia y apacible. Ahora era vieja, tal como dejó de existir, tal cual la vi en la urna: con su nariz aguileña, las cejas despobladas, la cara ovalada. La otra mujer que permanecía en la oscuridad se levantó. Vi la danza de su falda. Conocí su ropa; era mi vestido rosado. Era yo. Pero tenía la mitad de la cara destruida.

Desperté aterrada, con taquicardia. Los perros de Marcadet estaban ladrando. Lo que más me asustó del sueño fue saber que yo existía de otra forma, independientemente de mí misma. Además de que una parte de mí estaba en peligro y eso era lo que me alertaba Carlota. Me sentí como una embarcación que va directo a estrellarse contra las piedras, pero, a la vez, otra parte de mí miraba cómo me despedazaba. Lo valiente se destruía en presencia de lo temeroso.

En esta pesadilla conocí una versión de mí misma que se solapaba con todo lo que odiaba, con esto que somos en conjunto. Porque estoy convencida de que la angustia es la verdadera constitución moral que nos arropa en esta costa. Ese sueño fue una venganza de mamá. Desde donde esté seguramente puede vengarse, porque uno debe poder seguir haciendo aquello en lo que siempre ha creído. Podía ser su forma de evangelizarme porque me vio besar al muerto. Su forma de castigarme por atreverme a algo tan diferente.

Comprendí que iba a enfrentarme con mis propios fantasmas, sin ninguna clemencia.

Para ellos debí haberme quedado tapiada y en silencio, en el cementerio de los hijos de Dios.

VI

Los perros de Marcadet realmente ladraban y yo los escuchaba porque mi casa es contigua a la de él. Cuando alguien se dirige a mi puerta debe pasar por el frente del corredor de esas jaulas. Dieciséis perros fieros distribuidos en parejas de ocho razas diferentes. El amo los ha enseñado muy bien. Son su fiel reflejo, son abominables. Recuerdo a uno de ellos, un perro lobo llamado

Bobby. Los ojos color mar cuando se avecina una tormenta, casi blancos. No como hoy. ¡Mire qué hermoso está el mar en este momento! Con esa petulancia frente al descolorido cielo. Ese azul altanero es mi preferido entre todos los azules que ha registrado mi retina. Tengo la sensación, o más bien la certeza, de que esa intensidad me salvó de algo. Me liberó.

¡Es tan poderoso el mar!

Debe ser muy escéptico en cuanto a la belleza verduzca, amarilla y opaca de la montaña. Sé que algunas personas han muerto sin ver el mar porque les queda lejos. Esa es una idea que me entristece. Cuántas cosas lejanas que nos harían felices... Incluso puede ser peor no buscar las cosas lejanas porque ni siquiera sabemos que existen.

No puedo permitirme la tristeza. Disculpe esta dispersión. Es sorprendente cómo pedimos disculpas cuando genuinamente expresamos cosas que incluyen a los otros. Debe tener que ver con no poder cargar la culpa de pertenecer a un pequeño grupo privilegiado. Es un nihilismo que nos permite continuar, seguramente.

Ese perro, el de los ojos color mar blanco, casi me mordió una vez. Estoy segura de que a Marcadet le parece que la agresividad debe ser la postura de los seres vivos superiores, sobre todo de los hombres. Es un viejo decrépito. Yo nunca quise leerlo. He visto la concreción de sus ideas en este país y no es necesario conocer nada más. Últimamente no tengo escrúpulos y le digo sinceramente que me encantaría verlo a él morir despedazado dentro de una de las jaulas, a consecuencia de los ataques del propio Bobby trastornado y de su compañera de celda. Y luego leer las justificaciones que haría alguno de sus pupilos sobre «la muerte necesaria» de su tutor.

Ellos justifican todo, incluso los asesinatos, con ideas sacadas de contexto que de ninguna manera podrían llamarse conocimiento. Es como si rellenaran la piel de un maloliente animal muerto para luego exhibirlo como si estuviera vivo. Me encantaría comérmelo. A Marcadet. Me gustaría comerme su lengua y que así no tuviese nada más que decir. Comerme sus dedos índice, pulgar y medio para que tampoco pudiese escribir, ni fumar esa condenada pipa.

No me tilde de ordinaria por lo que acabo de decirle. Puede asustarse si quiere. No me importa que me considere una asesina potencial y una caníbal. Eso es menos grave a que vaya a pensar usted que no tengo educación. Sí tengo educación. Y si me lo permite, pienso que es una educación de un tiempo futuro, más sincera. Mucho más incisiva, más humana.

Yo creo que también a usted le parece que son muy limitadas las relaciones que practicamos hoy en día, producto de la moralidad pastosa y colonial que nos asfixia en esta república. Debe tener gustos implacables y escondidos que nadie conoce y que irremediablemente lo harían relacionarse con la gente de otra manera si atendiera a ellos. Puede que ni usted mismo lo sepa. Puede que el día de mañana se sorprenda a sí mismo. Claro está, si hay un mañana.

Pero hoy todos somos como las momias del doctor Hauschild: conservados e inyectados de miedo por el gran embalsamador que es el general Monteverde. Una sociedad de momias vacilantes y sangrantes llenas de marcas, cuyos cuerpos en comparsa andan caminando lentamente en círculos, sin dirección alguna, sin el peso que da confrontar algo. Eso es este país. Un lugar lleno de momias que el General condenó al miedo, al silencio, a la indiferencia y a la violencia. La violencia que siempre es la última estación del tren del miedo...

Y pensar que todo empieza cuando ese nefasto miedo apenas es un olor casero. Un olor a trapo viejo, a cuarto cerrado, a alma añosa con voz de hombre iracundo. Ese olor que se queda en las casas y se apodera de ellas, y nunca se marcha. Y a la mayoría le perfora el alma con una fórmula irrepetible que se personaliza en cada uno de nosotros y allí permanece, donde debió haber estado su reverso. Estamos muertos pero parecemos vivos. O estamos vivos pero parecemos muertos. Repetimos con un andar decadente la normalidad del caos. Como si perteneciéramos a otro lugar, pero no lo sabemos, y en este fondo dañino de este mar de aire envenenado nos desplazamos en forma dolorosa, sumergidos.

Conozco esas ruinas y esos cuerpos. Los verdaderos. Los del doctor Hauschild, aquí en la montaña. Después me temo que usted retomará ese tema.

Me resulta simpática su cara y sobre todo la atención que me está prestando. Una atención envidiable dadas las circunstancias de nuestro encuentro.

Pero continúo con el relato. Cuando oí ladrar con tanta insistencia a la «Guardia Real» de Marcadet supe que alguien se acercaba. Seguramente había sido un error quedarme todo el día en la cama creyendo que me había librado de las consecuencias de mis actos. Estaba confundida. Recordaba haberme quedado dormida en la bañera y desperté en mi cama. Lo mismo me pasaba cuando me emborrachaba; lo olvidaba todo y por eso había desarrollado una fuerte tolerancia a los olvidos. Me levanté de un salto, pensé en La Herradura y descorrí la cortina.

Me asomé por la ventana pensando que fuese un auto, pero no lo era: dos hombres caminaban hacia la entrada de mi casa. Uno de ellos era alto, caminaba despacio, con un andar seguro en perfecta línea recta. El otro parecía zigzaguear a su lado; era algo más bajo y en su zigzagueo miraba a los lados del camino y hacia atrás. Parecía vigilar que no lo siguieran. Ninguno de los dos se inmutó con la presencia salvaje de la jauría. Ni siquiera se alejaron de la cerca que era golpeada y mojada por chorros de saliva de los animales en su furia. Sin embargo, el más bajo seguía caminando con desconfianza, con una marcha superficial, autorreferenciada. El miedo nos hace repetitivos. Finitos. Circulantes. ¿No cree?

El hombre bajo me resultó antipático porque no me gustan los hombres inseguros, tal vez porque no soy muy maternal. Ese es otro de mis pecados, un pecado capital a los ojos de la montaña, no a los ojos del mar. El mar profesa una religión diferente.

Los hombres llamaron a la puerta. Me sobresalté. Creo que lo hicieron muy rápido; yo había estimado que se tardarían un poco más en terminar de caminar por el sendero de los perros, entrar a la casa, cruzar el jardín, subir los escalones de la entrada y tocar la puerta.

No me gusta gritar. No solo porque en mi familia eso era signo de mala educación, sino porque yo también lo pienso. En ese caso puntual, mi socialización fue perfecta. Todas mis voces interiores acordamos en ese aspecto. No me parece civilizado alzar la voz. Por supuesto, a estas alturas usted debe saber que no hablo de una civilización como la que pretende Marcadet, porque ya le confesé que me gustaría que ese hombre fuese parte de mi cena, aunque quien cocine en la casa sea Ruth. Ella aprendió a matar pollos y cabritos. Lo hace con furor, con saña, más que con destreza.

Calculando los minutos que debía dedicar a vestirme, y en función de la intención de no dejarlos ir sin saber quiénes eran y qué querían, decidí salir a la terraza de mi habitación y desde allí gritar un «buenas tardes, espere, por favor». El hombre alto entró en mi campo visual, aunque yo no estaba dentro del de él, y levantó la mano en señal de asentimiento.

Alguien me habría visto hacer lo que hice y por eso habían venido a la casa, pensé. Estaban muy bien vestidos como para ser funcionarios del orden. Debía inventar una explicación creíble que aclarara por qué había movido un cadáver de lugar, por qué lo había besado. Hasta podían creer que yo lo había matado. ¿Y por qué no? Yo, Indalecia Gallardo, contaminada a causa del alcohol y de la desgracia, rodeada de locura, era la candidata perfecta para ser una asesina.

Intenté vestirme, pero no encontraba dónde tenía ropa apropiada. Es más, no sabía cuál era la ropa apropiada. Esas cosas se olvidan. La soledad se te mete en la retina y altera el sentido de la estética, lo borra, y entonces no sabes qué está bien y qué está mal. Uno solo se acuerda del propio comportamiento con uno mismo; pierdes la memoria social. Me puse la ropa interior y finalmente encontré un vestido que consideré adecuado. Un vestido rosado muy claro, el mismo de mi sueño. Estuve conforme con mi apariencia, aunque me sentía un poco apretada; debía estar engordando. No seguiría comiendo los mazacotes de carne que preparaba Ruth. Aunque en lo que iba de día no había comido nada, solo había ingerido el café metálico que ella había preparado. Algunas veces mezclaba el café con otras cosas.

No quise mirarme al espejo. Como le digo, siempre he sido intuitiva. Siempre he sabido desenredar marañas sin pensar en cómo lo hago. La intuición para mí es mucho más importante que el conocimiento, porque creo que más de una vez me ha permitido continuar.

Apliqué polvo en mi cara. Me puse algo de perfume y me recogí el pelo en un moño sencillo. Recordé a la mujer en la terraza de Carlota. Debía tener el pelo largo, lo llevaba recogido también. ¿O sería corto y hacia atrás? Estaba lejos, no podía saberlo. Sentí culpa, como un relámpago. No había iniciado mi cruzada. No había comenzado a buscarla aún.

Bajé corriendo las escaleras. Estaba asustada pero decidida. Llegué al recibidor de la casa y sin pensar me miré en el espejo del sombrerero al lado de la puerta... No debí hacerlo. Otra vez salió de mi garganta un grito ahogado, pero le aseguro que esta vez era sincero.

Cerré los ojos. Me moví de lugar. Esos segundos en la oscuridad fueron agónicos. Debía, de allí en adelante, cuidarme de los reflejos si no quería perder la ilusión de la cordura que había conseguido. Abrí la puerta, recuerdo su chirrido y mi piel erizada.

Sí recordaba a Alejandro del Toro. Y sabía quién era Juan Francisco Baldó. Ellos también sabían quién era yo. Aquí todos sabemos quiénes somos todos. Lo llaman «sociedades secas», sin brotes verdes que nos sorprendan. Como donde los pájaros descansan en el chaguaramo.

Posiblemente usted no va a creerme, lo noto escéptico, con esa superioridad que no es arbitraria, sino más bien justa. No como la de Marcadet y sus bestias. Ablándese un poco y crea lo que voy a contarle: al decir buenas noches vi sus caras borrosas como si estuvieran llenas de agua, móviles. Insufladas.

¿Ha tenido un dolor de cabeza muy fuerte? Hay algo que se llama «metamorfopsia» y hace que se distorsionen las formas justamente en el centro del campo visual. Yo no sentía dolor, pero experimentaba ese trastorno, ese escalofriante fenómeno. Como si la cabeza me estuviera estallando, aunque yo no me diera cuenta. Imaginé mi cabeza estallada, como la del muerto.

VII

No los mires, no los mires de frente, me dije.

Lo haré de lado, me centraré en el espacio lateral de sus rostros y parecerá que los miro a ellos; así la deformación no será tan grotesca, me respondí a mí misma. *Veré las líneas de las cosas expandidas, pero no serán los ojos, la nariz, los labios.*

La figura humana alterada y en movimiento es sumamente aterradora; una transfiguración aberrante. Como si al vulnerarse la imagen de alguien se desnaturalizara lo que somos todos; como si al principio todos hubiésemos sido una misma cosa, una misma masa. Atribuí mis alucinaciones a la abstinencia porque interrumpí el consumo de ron repentinamente. También a eso atribuí el sueño, el sabor ferroso del café, la pesadilla y los olvidos. Busqué en mi mente imágenes alocadas e inofensivas. Recordé a John Tenniel y me calmé un poco.

Me pensé como un gran pájaro, de los que vuelan muy alto, cerca de las copas de los arboles más colosales. Me elevaba para tener otra perspectiva. Algunas veces una misma cosa puede verse con pánico severo, pero también con indulgencia. Depende de las ideas que tengamos y de si somos capaces de cambiar lo concreto por lo abstracto. Debía aceptar las distorsiones con inteligencia; debía salir al paso con estos hombres de cabezas irregulares y expandidas, porque era necesario. Quizás lo que había visto en el espejo también era eso. Una alucinación. Me aferré a esa idea calladamente.

Debes decir algo. ¿Qué pensarán si te quedas muda, con cara de atontada?, me dije.

—Pasen adelante —alcancé a pronunciar mientras me apoyaba en la puerta, con miedo a que las piernas no pudieran sostenerme. Podía desmayarme de un momento a otro. Podía estar al borde de una crisis, como un espasmo, una convulsión.

Ellos entraron. Escuché la voz del hombre alto, que era Alejandro del Toro, pero sus labios no se movieron, lo que escuchaba eran sus pensamientos. No sabía qué me estaba pasando, le aseguro que no lo estaba inventando. Cuando pasó junto a mí me miró intensamente, aunque no lo vi como un irrespeto. Pensó que algo estaba mal en mi dorso. Quizás se dio cuenta de que la ropa me quedaba apretada, o podía estar aprobando la medida de mi cintura. Me sentí descubierta. Era cierto que algo estaba mal; usted también me está mirando como lo hizo él, pero ya he perdido la habilidad de leer los pensamientos. Me duró muy poco.

Estás teniendo alucinaciones auditivas también, dijo mi voz oculta. *Esto será muy difícil de mantener*, pensé, frente a la crisis que se producía en mi cuerpo. Debía comportarme naturalmente, sin mirarlos a la cara hasta que se pasara la distorsión de las formas que habían inventado mis ojos y mis oídos. Eso hice.

Les pedí que me siguieran hasta el salón. Ambos cruzaron la puerta y la cerré. Los había atrapado. Si eran mis enemigos habían entrado en territorio conocido solo por mí, mi casa, que era mi mundo, donde no había quien me venciera. Algunas veces he sentido que me confundo con ella, con la casa. Como cuando llueve y todo se junta: el mar y la tierra, se difuminan los límites, se desintegra la línea. Yo a veces me mezclo con la casa: en las paredes mi sombra se funde con los objetos y dejo de estar sola, el reloj me enseña su forma de medición del tiempo.

Todavía mi casa es imponente, tuvo una vida propia y ahora tenía su muerte propia también, como quienes la habitamos, Ruth en su locura y yo en mi tragedia. No sé si lo sabe, pero en casa se hizo el festín del marqués hace cien años. Recuerde que el marqués era familia de mi madre. Familia de mi hermana, no mía. Ellas, las hermanas mayores, siempre se han sentido parte de algo. Los hermanos menores siempre nos sentimos fuera. Tenemos que construirnos nuestras propias pertenencias. También tenemos lo que podríamos llamar una «virtud mediocre»; no como ellas, que están llamadas a la grandeza.

Los invité a sentarse. Debían pensar que era la visita guiada a un museo. Un lugar del cual sus ancestros habían hablado y que ahora estaba lleno de insectos y bichos. Solo viene la señora Basilia una vez a la semana. Aparta el polvo de algunos rincones. Lo que hace es un acto irracional, es arar en el mar. Ella es una fiel representante del patriotismo doméstico y, como en todo patriotismo, la dirección del culto es errada, se orienta a la materia, a los límites y no a la idea, a lo expandido. Está convencida de que su labor está cumplida quitando algunas telarañas y sus horribles huevos blancos en una casa que en sí misma siempre ha sido una trampa.

Los Gallardo de la Huerta nos fuimos borrando, desaparecimos. Somos de los apellidos vencidos en este nuevo país. Nosotras también somos ruinas, igual que la casa. Pero las ruinas son llamativas, al menos para algunas personas. He visto las ruinas del mundo y siempre me han dicho algo. Puedo pasar horas entre ellas. He aprendido a escucharlas. Son mucho más sabias de lo que creemos porque conocen todas las formas de muerte. Además, son benevolentes porque materializan la destrucción como liberándonos de culpas. Una edificación destruida tiene muchas voces adentro y seguramente alguna de ellas, la identidad más vieja, es su propia salvación.

¿Qué pensaría Alejandro del Toro de mí y de mi destrucción? Podía mirarlo para saberlo. Me sentí tentada. Ahora con mi alucinante poder podía penetrar en las verdaderas ideas de las personas. Podía jugar. Yo tenía mucho tiempo sin jugar a nada. Como le digo, ya no quería a nadie, que es lo mismo que no jugar con nadie. Usted quiere a alguien, ¿verdad? Yo la he visto a ella, a la mujer que usted quiere, y la envidio. Aunque afirmar que la quiere es un poco aventurado.

¿Sabe? Mi papá enloqueció y no recordaba ni su nombre al morir. ¿Sabe qué fue lo único fijo que no cambió? Cuando se sentaba frente al piano. Solo recordaba la música, no las palabras, ni las personas, ni a mi madre, solo la música. Él siempre fue eso: un hombre en relación con un piano haciendo música. Ese fue su juego vital. Los amores esenciales nos devuelven a lo que somos, una y otra vez, a ese momento de juego, de contacto. Nos devuelven a la realización plena que se produce con un ritmo regular y acompasado, pero que siempre es un roce, una fricción. Esa intimidad es la pieza original a la que volvemos cada vez que podemos. En medio de la locura ese momento auténtico resplandece. Pero la cordura lo disfraza.

¿Estaría usted dispuesto a jurar ante lo que sea que considere sagrado que la fijeza de su vida, ese momento que repite eternamente desde el ejercicio de su propia naturaleza, tiene que ver con esa mujer? Creo que tiene más que ver con esos autos que arma y desarma con tanto placer. Imagino su cuarto lleno de trenes y sus manos tocando las piezas, sus ojos fantaseando. Usted seguro ha soñado con manejar máquinas que aún no se han construido. Por eso ha tenido todos los modelos de autos que han llegado a este país, según cuentan en el pueblo. La gente como usted me hace creer que nuestra vida es la imaginación que había en nuestros juegos aprendiendo a no morir. Y que uno, por sobre todas las cosas, está hecho de lo que estaban hechos aquellos juegos.

La diferencia entre Ruth y yo fue solo esa: el tiempo y el contenido de los juegos. Ella casi nunca jugó, prefería sentarse junto a mamá. Se envenenó desde niña con la corriente social de esta sociedad marcada. El cuarto de Ruth me asustaba. Todas sus muñecas estaban rotas y mudas, excepto una. La que llevaba siempre con ella. La que también debió haberse envenenado de la misma corriente social. ¿Cómo serían los juegos del general Monteverde cuando niño? Jugaría a la muerte y al silencio desde siempre, jugaría con armas, mataría becerritos en esa hacienda. Las armas serían como la continuación de sus manos y después se convirtieron en ellas.

Entonces allí estaba yo frente a estos dos caballeros. Alejandro era un hombre cultivado en el exterior. Era compositor y artista. Su padre había sido pintor y fundador de la Galería Ávila de la calle Las Torres, en el centro de Caracas. Su abuelo había sido el artista que había creado el retrato predilecto del general José María de la Trinidad Palacios del Pozo, siendo presidente. Además, era su cuñado. *¿Por qué iba a fijarse de forma especial en ti?*, dijo alguien dentro de mí. Este era el tipo de cosas que podía pensar mi madre. Viéndolo bien, creo que la voz predominante en el coro de pesimismo que canta en mi cabeza muchas veces es la de ella.

Juan Francisco Baldó era diferente. También decían que tenía talento, pero el suyo era un talento frío. Era hijo del arquitecto del general Monteverde. Su abuelo fue uno de los convocados desde España y traído al país, unas décadas atrás, por el mismo general Palacios en medio del proyecto de la transformación de Caracas para convertirla al estilo de las urbes europeas. La más reciente obra de su padre era el Hotel Miramar. Debía rondar los treinta años o menos, quizás veinticinco.

Fíjese que no es cierto que a uno le interese saber lo que piensan de uno otras personas; lo que pensara Juan Francisco me tenía sin cuidado. Con algunas personas podríamos mirar siempre al piso, aunque tuviésemos el poder de penetrar en sus pensamientos si levantáramos la mirada. He visto pisos mucho más interesantes que algunas mentes. Me he fijado en los pisos de las casas con mucha frecuencia para perderme conversaciones cargadas de silencios. A veces creo que algún animal reptante se apodera de mi mente para salvarme.

Algo muy importante debía traerlos a hablar conmigo. Nadie lo hacía. Yo no soy recomendable en estos tiempos. Mi apariencia no ha sido la más adecuada, ni mis prácticas, ni mis ideas. En ese orden de importancia, por cierto. Ese es el orden de importancia que practicamos aquí.

Pero no sentía repudio de parte de ellos hacia mí; al contrario, sentía un súbito interés. Será que la vida es contagiosa. Yo debía irradiar una virginal energía esa tarde; tendría el nuevo brillo de la certeza de saberme elegida, de saber que mi destino sería otro. A pesar de todo el sopor en el cual había naufragado los últimos años de mi vida, no había perdido el último latido de esa intuición, de la intuición de que mi destino debía ser diferente. Tal como me lo dijo el hombre de la playa.

Ya mi corazón no estaba apesadumbrado. En unas horas parecía haberse formado una nueva isla con un faro visible y potente en medio de la bruma. Una dimensión añadida a mi moralidad original que ahora iluminaba todo. Debía yo misma reflejar ese magnetismo, podía ser por eso que sentía miradas curiosas sobre mí en ese momento. Eso no significaba que no estuviera asustada, y aún más con esas alucinaciones con las cuales me había despertado y que estaba estrenando. Recordé lo que había visto en el espejo sobre mí. Esa cara. Eso me atormentaba. Quizás no había descansado suficiente... No sabía cuánto había dormido, pero me parecía haber encontrado el cadáver hacía siglos. Era como si me hubiese vuelto inmortal después de aquel beso. Debían ser las seis de la tarde, o más.

En un momento tuve la sensación de que yo debía saber a qué venían estos señores. Parecían con naturalidad creer que yo sabía sobre esa visita, pero, sinceramente, no lo sabía. Era posible que Ruth sí, y que como no nos habíamos visto no me hubiese informado. Les pregunté si querían tomarse algo; creo que venían de hacerlo porque estaban envueltos en un olor que era una mezcla entre fragancia masculina y escocés. Lo noté cuando pasaron cerca de mí. Yo nunca he podido tomarme un escocés. Prefiero el brandy, el coñac y el ron. Acabé con todas las botellas de brandy que había en casa; después comencé con el ron. Guardo las botellas vacías en el cuarto malva. Son como conchas, pruebas de vida, son como el reflejo de una orilla; esa orilla que ama el mar y que inútilmente quiere alcanzarlo. Deben ser muchas, pero no las he contado. Usted, a pesar de su formación, debe estar de acuerdo en que hay cosas que no deben contarse. Ese cuarto es un refugio de fósiles de mi propia vida. A veces imagino que ellas, las botellas, tienen voces. Suenan como gárgaras de animales algunas veces y otras como ruedas de madera. ¿Ha escuchado cuando las guacamayas se molestan por tanto silencio en este pueblo y hacen ese sonido estruendoso mientras vuelan bajo, cuando parece que hablan por nosotros y que divulgan nuestras cosas?

Ellos seguramente estaban en el hotel. Los imaginé sentados en las butacas del Bar Americano. Ese lugar espacioso forrado de madera, con ventanales llenos de pequeños vidrios esmerilados que llevaban siempre la misma secuencia de colores en cuadrículas de ocho por cuatro centímetros, separados por marcos de hierro pintados de color blanco. Esas ventanas se encargaron a la cristalería de Villavicencio, en el pueblo de La Guaira, me dijo Ruth. El mar, a través de la creación de Juan Villavicencio, se debe ver transformado como en un daguerrotipo descolorido. El Bar Americano cuenta con sus propios lentes para mirar el azul del mar Caribe.

La última vez que estuve allí llovía. Las ramas arañaban las ventanas y por ellas corrían rápidos hilos de agua. Dentro del bar no se escuchaban ni el viento ni la lluvia, porque el gramófono se encargaba de impedir el ruido de la naturaleza y de construir esa atmósfera hipnótica, junto a los olores a madera, a mar y a selva domesticada que pasan por debajo de las puertas. Así era «la luciérnaga» por dentro. El corazón del Hotel Miramar es ese bar de madera con su estructura de agua gasificada. Los tubos cobrizos parecen ser los conductos vitales, su sistema circulatorio. Allí, entre las botellas, hay un núcleo de atracción magnética, una atracción animal y civilizada a la vez. La habitación de juegos de muchos niños. Una isla en medio de un océano infinito de prohibiciones que los mismos tubos cobrizos repelen.

No sé por qué le describo el bar. Usted ha estado allí. La última vez que estuve, usted también estaba. Yo he mirado el piso de ese lugar. Grandes cuadros negros y blancos con hilos dorados que finalizan en un rombo de centro celeste. Un piso interesante, sin duda.

MIRAMAR

VI. Dolores y Margarita

En la mañana del día 28 de enero, Dolores miraba la playa. Algo infundía respeto en el paisaje que ella admiraba. La montaña pegada al mar imprimía una imagen salvaje que contrastaba con su recuerdo de Biarritz. Aquí parecía que uno estaba en el medio de la lucha entre la tierra y el agua. Ese efecto era responsabilidad de la montaña, sin duda alguna. Y de una vegetación desatada hasta la misma orilla. Este desorden era alucinante, pero riesgoso.

Algo le hacía sentir con mucha intensidad la herencia del espíritu de María Teresa, su madre. Una mujer afortunada. Una mujer que había abandonado la tierra a la que ella hacía días había vuelto, no de vacaciones, sino para quedarse. No era fácil cargar a cuestas el legado de ser hija de María Teresa. Parecía como si ella jamás pudiera estar tan «viva». Esas ganas, su inmensa confianza, su disparatado cálculo, la omisión de las dificultades, su elegante amabilidad... y ella, su hija, aquí mirando con un presentimiento largo y fangoso todo aquello de lo cual su madre había escapado. Su mamá se parecía al abuelo Hilarión y a su abuela Carlota. Esas personas son como imperativos categóricos. Todo gira alrededor de ellas.

Dolores se dispuso a leer la carta que le había escrito a su amiga Ethel, para abandonar esa amenaza difusa que le rondaba la espalda. Conforme con su escrito, metió la carta en un libro y lo cerró. Pidió un café negro al muchacho suizo que parecía un amistoso abejorro y comenzó a darse ánimo. Sería el libro que estaba leyendo el que le había prendido las alarmas y le había plantado el germen de esta sensación de extrañeza. Sin duda, ese libro era triste. Aunque hermoso. Un descarnado relato de la telaraña invisible que arropa a la sociedad venezolana. Tendría que cambiar de lectura, porque ella iba directo a esa telaraña como mosca boba.

Se estremeció. No quería ser Ifigenia. No quería sacrificarse y tampoco enloquecer. Como esa mujer extraña que estaba en la terraza.

Dolores vio correr a su hermanita en la playa, la vio cruzar la vía que separa la terraza de la orilla. De lejos se veía el vestido azul oscuro con lunares blancos moviéndose de un lado a otro, lo que la hacía parecer un barquito en medio de la inmensidad, coronado por un halo singular: su pelo abundante. Su querida Marga. El único ser del cual ella se sentía responsable, su vínculo verdadero. Por quien había demostrado ser capaz de cualquier cosa.

Los vínculos verdaderos, pensó Dolores, mirando las olas. El de ella con su madre, el de su madre con su padre, el de Margarita con ella, los vínculos reales... y entonces por fin entendió qué era lo que la incomodaba y seguramente su libro, *Ifigenia*, tenía algo que ver. Y también esa mujer extraña. Sentía que había llegado a un lugar donde los vínculos eran impuestos. Donde estaba una familia que no era la familia que ella había amado. ¿Se habría metido en una jaula grande, iluminada y de claridad engañosa, pero jaula al fin, al volver a este país? ¿Quería ella estar en algún sitio en realidad? ¿O ella pertenecía solo al pasado como el único lugar posible?

Dolores se puso a conversar con su tía preferida, quien se le había acercado. Conversaron sobre el pasado. Luego llegaron las demás.

Llegó nuevamente Margarita casi sin respiración, con los pies descalzos forrados en arena, la cara color ixora y la pollina mojada. Sus grandes ojos marrones y francos que no cabían en su cara. Eran los protectores de un cuerpo frágil, muy delgado. Marga, siempre tan fresca, tan orgullosa de lo que era. Y era solo una niña. Demasiado débil. Como si una mariposa traslúcida originada en un vitral hubiese cobrado vida y volara por allí. Sin duda Margarita hacía que las cosas valieran la pena.

«Y donde esté con ella, esa será mi casa». Fue la sentencia de Dolores Aldrey.

Ahora la mujer extraña caminaba cerca de ellas. Dolores escuchó cómo el viejo escritor la había saludado («¿Cómo está, señorita Gallardo? ¿No tiene nada que contarme?»), aunque su pronunciación le pareció extraña. Pudo haber dicho otra cosa. Y la mujer había pasado de largo sin responder. Su apariencia era desagradable. Algo estaba mal en su vestido, en la parte que recubría su dorso.

VII. Mercedes

Mercedes caminaba en la playa. Su apariencia era romántica y a la vez trágica. La estilización neoyorquina formaba parte irremediable de su vida. Después de todo, para bien o para mal, ser llamativa era una forma de liberación femenina para quienes, como ella, odiaban la rutina. O podía serlo, aún más si se usaba la inteligencia.

La viuda subió lentamente las escaleras hasta la terraza y se sentó. Su rostro adquirió un tono de gravedad cuando identificó al general Rafael Eduardo Arráiz Segnini saliendo por la puerta hacia la terraza. Ya lo había visto el día anterior y ahora volvía a hacerlo. Ni siquiera había sido lo suficientemente caballero para abrirle la puerta a su mujer y sus hijos: él salió primero, ellos después. Tomaron la dirección hacia la playa, bajando los escalones que permitían su acceso. El desfile de la familia era perfectamente visible desde la mesita que había ocupado Mercedes.

El general Arráiz había dirigido en tono desaprobador unas palabras a su esposa, doña Beatriz de Arráiz. Esta, en actitud sumisa, había justificado lo que fuera diciendo una frase que culminaba en «yo no tengo la culpa, Rafael». El bigote gris y cuidado del general se volvió a mover en tono amenazador, acompañado de un movimiento espasmódico de sus brazos y un zarandeo de cabeza, todo lo cual lo hacía parecer un tenor dramático en plena interpretación.

Los niños, a Dios gracias, se habían adelantado y se encontraban corriendo en la playa, lo que les había impedido escuchar, por esta vez, la dominación cotidiana disparada de la garganta del imitador de Caruso y recibida como una bala de cañón que dio alcance a su objetivo, situado por debajo del sombrero de playa de doña Beatriz, exactamente en el medio de su temeroso cerebro.

La apariencia de esa mujer le produjo una sensación desagradable a Mercedes, como una alarma. Por un lado, estaba segura de que era la cosa más insípida que había visto en mucho tiempo. Un vestido blanco llevado sin gracia, cerrado hasta el cuello, de un largo inusual para ir a la playa, sin mostrar la más mínima curva de su cuerpo. De este diagnóstico sacó su primera conclusión: el general no le hablaría de esa forma si ella no se empeñara en parecer más una cabra de monte que una mujer. Pero la segunda conclusión vino a echar por tierra a la primera: la naturaleza de ese ser era autoritaria y sádica y, aunque la pobre Beatriz luciera como una actriz principal, la tendría sometida igual. No era verdad que el trato amable debía estar sujeto a una aprobación estética determinada, de ninguna manera.

Por otro lado, en aguas más profundas, el pensamiento de Mercedes tomaba una nueva dirección; la figura simplona de la esposa del general le recordó a María Eugenia, su hija. Y esa asociación de ideas la incomodó tanto que sin saberlo movió la cabeza de una forma singular, como un pájaro, y arrugó en forma casi imperceptible la frente. Si algo había aprendido Mercedes era a demostrar lo menos posible sus pensamientos con el paso de los años.

Vio alejarse a la pareja y experimentó alivio. La sumisión, no como estrategia, sino como destino, era peor que la peste. Aún más contagiosa.

Mercedes se dio cuenta de que Dolores, su sobrina, estaba sentada más allá. Se le acercó. Se sentó junto a ella. Margarita iba y venía. Alguien llegó a saludarlas. Alguien que no le importaba en lo absoluto. La señora Moreta. Se fue inmediatamente.

Ambas, Dolores y Mercedes, se quedaron mirando la casa a lo lejos. La Casa de Arena.

—Nunca vi un retrato de Carlota ya vieja —dijo Dolores, lamentándose.

—Nunca quiso. No recuerdo quién le rogó que se dejara retratar en la galería de cristal. La recuerdo, levantó la mano izquierda como si la invitación fuese una mosca molestando su taza, se reclinó hacia atrás y dijo con voz ronca: «Mijo, ¿y para qué? La vida no debe adornarse con recuerdos de vejez. ¿Quién siendo sincero quiere admirar el retrato de una vieja?». Y se rio con una carcajada infantil.

—¿Te gusta estar aquí? —preguntó cortante la sobrina.

—Sí, mucho. Y no me preguntes por qué. Es un secreto —esto último lo dijo con la misma picardía intacta que recordaba la sobrina muchos años atrás.

—¿Que hay ahora en la casa? —quiso saber Dolores.

—¿Qué va a haber? Los peroles de papá enmarcados entre los libros de la abuela. Cada uno dejó su poco de locura y se montó una locura sobre otra. Pero en la familia ya los locos se acabaron. Todos los que nacimos después ya no tenemos delirios. A nosotros se nos acabaron por encandilados y a ustedes por desarmados. Ustedes son una generación que tendrá que armarse sola sin preguntarnos nada. Porque cualquier cosa que les digamos estará mal.

Mercedes hizo una pausa. Luego continuó:

—Este país es cruel y cada quien se enfrenta a la crueldad con la mejor arma que tenga: con ensoñación, con optimismo, con resignación o con fastidio. No sé si esto último es un avance. Pero la crueldad se la hemos dejado nosotros, es nuestra culpa. Es nuestro legado.

Dolores se quedó mirándola pensativa. Luego volteó la cabeza y miró la montaña.

Mercedes miraba las olas fastidiosas y su ensañamiento con el pobre peñasco, que siempre, desde niña, había visto en ese lugar. *Siempre las olas*, pensó, quitando con sus dedos un mechón rebelde que salía de su sombrero.

—Nos consume la indiferencia, querida sobrina —dijo de pronto—. El odio, Dolores, lo tenemos tan cerca. La soledad vive en la casa de al lado. Una mañana se atreverá a brindarnos un café envenenado si primero no le brindamos algo amable. Puede que, como decía la abuela, la maldad sea resistente y extendida, pero a la vez sea frágil porque no resiste el roce de unas manos cercanas. Igual que las trinitarias aguantan la sequía y se deshacen en las manos cuando las tocas. También las entristece la lluvia.

La sobrina no dijo nada. No entendía muy bien lo que quería decirle su tía y además se sentía como ese peñasco en medio del mar, que también había acaparado su atención. Y eso le pesaba.

Mercedes de la Plaza siempre se reponía de sus pesares, porque tenía más experiencia. Se reponía de sus hastíos. Tuvo en ese momento la convicción de que al final hay premios inesperados por resistir los embates constantes de las olas, sin licuarse, sin deshacerse, sin sacrificarse. Pensaba que quizás los premios solo corresponden a quienes se atreven a hacer frente a las cosas. Y ella era de esas. Aunque hubiese que hacer cosas peligrosas.

VIII. Consuelo y Eugenia

Consuelo apareció de la nada y se sentó junto a ellas, en la misma mesa. Allí estaba impecable y pulcra en su vestido gris, que más que un vestido, era un uniforme. De una manera grosera pidió desayuno. Dolores comenzó a entender a qué se refería su tía con el asunto de la «generación desarmada». Ella misma, si no fuera tan invertebrada, tendría que tomar partido o por una o por la otra. Eran agua y aceite. En cambio, ella no tenía contrastes con su única hermanita. Y estaba muy satisfecha porque Margarita había aguantado la terrible tormenta que representan los siete años en una niña. Dolores, quien había dado algunas clases de castellano en la costa francesa, había visto a muchas niñas cambiar, apagarse a esa edad, dormir su espíritu disparatero y volverse «prensadas» por algo invisible. Su hermana fue inmune. Inmune a algo que sí había infectado a la tía Consuelo en algún momento.

¿Cuántas cosas existirán que nos harían felices?, pensó Dolores, y de pronto sintió repulsión por el pasado, por las cosas que pasan calladas en una casa. Algunas personas no tenían armas contra la crueldad silente del paisaje que tenía ante sus ojos y que había nombrado su tía Mercedes. Una crueldad que ella misma presentía. Que no podía ver pero que tenía la certeza de que estaba allí. En esa misma terraza. Una crueldad que ese hermoso mar no había podido ahogar.

Mientras ella estaba sumergida en sus propios pensamientos, y Mercedes hacía comentarios delirantes, Consuelo Elena hablaba sin parar. Esta última parecía no darse cuenta de que nadie le prestaba atención. Hablaba algo de la iglesia y comentaba que no podía creer lo inmundos que se encontraban los santos, llenos de polvo...

—No sé qué les pasa a los fieles y a los párrocos. Parecen no entender que ahora más que nunca es necesario agarrarse de las creencias. Ahora que se ven cambios no deseables en el país y que cada quien vive la fe como mejor le parece, y cuando la gente está perdiendo grados de civilidad. Ahora que la influencia de los extranjeros se está extendiendo...

A la mesa donde se encontraban las tres se dirigió Eugenia Burguera. Venía de la tienda donde vendían perlas. Se había empeñado en comprar un anillo o algo similar, creado por el ruso Ferdinandov. Se sentó, acompañada del pésimo humor que nunca la abandonaba. Miraba a todos lados. A las personas, en la terraza.

Dolores pensó que su prima era un Yago moderno. Era sumamente venenosa. Comenzó a atribuirle todas las características negativas de los personajes de las novelas que había leído. Dolores estaba convencida de que el origen de la maldad en la literatura era el miedo. Ella recordaba la noche que el tío Leandro había muerto. Fue repentino. Un accidente en la maderera. Era como si su prima hubiese quedado atrapada y detenida en esa noche, tapiada. Y solo pudiera repetir el odio, casi como una forma particular de respiración, frente a la incertidumbre y a la pérdida.

INDALECIA

VIII

Aceptaron mi ofrecimiento sobre los tragos. Tuve la idea de que Alejandro notaba que no lo miraba directamente a los ojos y eso le molestaba. El otro no se había dado cuenta. Mientras me dirigía a la vitrina de los licores lo miré brevemente; a Alejandro, me refiero. Vi su cara desvirtuada otra vez y escuché su voz. Él pensaba que yo era atractiva. Lo sabía. Sabía que le gustaba al artista y me sentí viva, con esa felicidad momentánea de la que ya le hablé.

Caminé sabiéndome observada. Cuando eso pasa, uno camina diferente.

No sabía dónde se había metido Ruth. La recordé de pronto, como una resaca. Ruth, mi hermana, debía estar en alguna parte de la casa. En las últimas horas no había sabido nada de ella. ¿Notaría Ruth mi renacimiento? Era posible. Ella, a pesar de todo, podía notar algunas cosas. La encontré en la cocina cuando fui a buscar hielo, sentada en la mesa. Experimenté un escalofrío al verla. La cordura no es precisamente lo que más me interesa, pues estar loco en este país no es tan mala idea. Pero la imagen de Ruth en ese momento era más perturbadora que nunca. Su posición no estaba bien. Yo soy la única que nota que con Ruth pasa algo. En el pueblo nadie dice que ella tenga algo raro.

Esa cocina se sentía muy fría, parecía desprovista de oxígeno, como si estuviéramos a una altitud imposible de soportar. Lo mejor era apurarme en preparar los tragos e irme, huir. Además, Ruth seguía cocinando algo que olía terrible. Pensé en los dedos y la lengua de Marcadet y en la cara destruida del hombre de la playa y sentí náuseas. Padecí el estertor que involuntariamente se produce en mí cada vez que encuentro un animal muerto en el camino.

Una noche estuve viendo los retratos de nosotras. Ruth y yo, juntas. Ella siempre aparece con una mirada que no sé describir. Mire usted, y disculpe que me extienda en esto: es como una actitud inhumana, de liviandad pura, tal como si estuviera mirando un acto de crueldad y eso le produjera risa, y ni siquiera se percatara de la maldad de su indiferencia. Para que me entienda le pido que se imagine a una enfermera de guerra riendo frente a un herido agonizando. Riendo por una razón banal y ni siquiera sintiese ese forcejeo interior de cuando uno se da cuenta de que se ha convertido en dos personas o más. Es mucho peor que reír cuando alguien se cae en la plaza. Es diferente.

Así era la cara de Ruth. A veces pienso que los retratos dicen mucho más de lo que uno cree. En cualquier retrato familiar se puede saber quién es infeliz, quién domina a quién, quién está deseando acabar con su vida y quién desea la muerte de alguien más. Puede saberse cuál de los hijos es el mandamás y quién se lleva el amor de los padres. Todo eso. Ya sabe usted que una casa no es solo una casa. Una casa es un espacio que se abalanza sobre las personas. Algunos sabemos esquivarlo y otros no. Algunas casas son como naves, como rutas de trenes, como autos en donde te sientan en la ventanilla. Otras son como oscuros vagones inmóviles y eso se nota en los retratos: las casas que llevamos dentro. Se nota en nuestra mirada porque los ojos dicen las cosas cuando las palabras no existen. Los retratos pueden fotografiar el alma.

Allí tiene usted la galería de cristal, pase y mire. Verá que yo tengo razón. ¿Ha visto usted la fotografía del general Cornelio Páez junto a su nieta? Aparece él con una imagen vetusta que inspira muerte junto a una joven a la que parece que le robaron el alma. Su alma no está, sus ojos son huecos. A veces lo que no se tiene está más presente que lo que se tuvo. Ese retrato es de los actos de mayor egoísmo que he visto; esa pobre muchacha resignada a la fatalidad armada obligada a posar junto a la muerte. Creo que, como demostración de estatus, esa galería expone ese esperpento. Vaya a verla un día cuando acabe todo esto y acuérdese de mí. Hágame ese favor, para que compruebe que no todo lo imagino y para que, además, se reconcilie con la imaginación. Como le dije, es lo último que se pierde. Es lo único que nos queda cuando nos sobra la soledad. Se lo agradeceré desde mi yo más amable. Porque creo que esa es la parte de mí que se repite eternamente.

El asunto es que Ruth no me ayudó a preparar los vasos: parecía estar molesta conmigo por alguna razón, pues miraba hacia abajo con un rictus amargo. Tenía sus fuertes manos entrelazadas. Chocaba la uña de su dedo pulgar con el resto de las uñas de sus dedos haciendo un ruido odioso. Podría quizás estar rezando el rosario como era su costumbre. Quizás llevaba la cuenta con sus propias uñas porque así son los fanáticos, materializan las ideas en su propio cuerpo.

Tomé, en forma casi mecánica, la bandeja de plata, que era mi preferida. Estaba brillante. Comencé a ver mi frente y mis cejas reflejadas, pero aparté la vista, me detuve. Un latigazo de terror me golpeó, no quería ver más abajo. No quería ver mi reflejo. La última vez que lo hice se me había helado la sangre, junto a la puerta, hacía pocos minutos. Inspiré profundo, supliqué que mis alucinaciones duraran solo esa noche. Las personas como yo, con gran sangre fría, podemos disimular cualquier cosa en cualquier momento. Ni siquiera la bandeja delataba mi temblor. Por eso usted puede notar ciertas desviaciones del hilo conductor en el relato de mis actos, en estos últimos tres días, sobre todo en cuanto a las emociones que me embargaban y que aún me embargan. Eso es lógico porque, aunque pasé mucho tiempo aterrada, ahora adorno mi relato con mis propios pensamientos desde la tranquilidad que me da estar aquí arriba. Puede juzgarlo como una práctica exhibicionista si usted quiere. Porque creo que eso es.

Pero volvamos a lo que hice en la cocina. Coloqué sobre la reluciente bandeja dos vasos cortos, la botella de Black and White —que nunca me interesó—, una hielera, hielo, las pinzas y el agua en una botellita. No le dije nada a Ruth. Ese fue un silencio violento. Decimos mucho cuando callamos. Además, los ruidos que hacen los objetos cuando los manipulamos en medio de un tenso silencio suenan diferente; son ruidos acusadores, aún más los que hacen los objetos de la cocina. Parece que reclamaran algo y en alguna parte se levantara un expediente porque las cocinas de las casas están hechas para la conversación.

Ruth continuaba con ese rosario monstruoso en el cual se había convertido ella misma. Allí la dejé sentada. Parecía un alma en pena en una patética posición de descanso, con el pelo echado hacia adelante y una postura inverosímil. Me pregunto, si Ruth perdiera la memoria, así como lo hizo nuestro padre, ¿cuál sería su repetición esencial? Algo trágico, algo mal hecho, algo violento. Matar al cabrito, podría ser, rezar sin pensar, confesar la culpa también podría ser.

Caminé hasta el salón y sentí el cambio de ambiente. La atmósfera en la cocina era tóxica, el olor que se desprendía de la olla era repulsivo. En el salón había vida; sin embargo, noté cierta continuidad en la esencia de los ambientes, tal vez mi ropa se había impregnado de ese hedor. Coloqué la bandeja en la mesa auxiliar, serví los tragos y me senté, dispuesta a que me contaran lo que habían venido a contarme. Pero ya estaba convencida de que nada tenía que ver con mi hallazgo en la playa. Sin embargo, mi parte masoquista se imaginó que de la boca del arquitecto salían las palabras: *¿Por qué usted movió el cuerpo de lugar?*

Querían pedirnos permiso para filmar en nuestra propiedad parte de un cortometraje, una recreación de Pierrot y Colombina. Eso era todo.

No sé por qué sentí alivio, ¿qué otra cosa podían querer? Finalmente, nadie me acusaría injustamente de asesinato. Sabía que Ruth no iba a oponerse, no podíamos hacerlo; nadie podía decir «no» a Efraín, el sobrino del presidente. Les di la respuesta que esperaban. Sentía que estaba representando un papel, pero, al fin y al cabo, todos en este país lo hacíamos. Esa era nuestra forma total de pensar: la simulación. Uno de ellos, si no los dos, también simulaba algo. Estos dos hombres eran muy diferentes. ¿Por qué estarían juntos?

Siempre he sido capaz de mantener una conversación y de pensar en otra cosa mientras lo hago. Puede que una de las pocas conversaciones unívocas que haya tenido en mi vida haya sido esta que mantengo con usted. Claro que usted no ha dicho nada, solo me presta atención, la cual agradezco.

Demostré interés por el proyecto cinematográfico y conduje la conversación de forma tal que los visitantes comenzaron a darme detalles sobre la realización. Eso era lo que quería. Quería tiempo para analizarlos.

¿Podría ser que quien miraba desde lo alto mi encuentro con el muerto fuera un hombre? ¿Por qué había concluido tan tajantemente que era una mujer? Seguramente porque esa casa era femenina, esa casa era Carlota. Ella se mimetizaba con las paredes de esa casa como yo con la mía. Algunas veces, uno sentía que Carlota era solo el ama de llaves y que la verdadera dueña de todo era la casa. La biblioteca, fundamentalmente. Cuanta idea se escribiera, más allá del mar y de la montaña, reposaba en esos estantes, gracias al Sr. Dupovny. También podría ser porque yo sabía que Raúl desconfiaba de una mujer que estaba de visita aquel día. Pero quien me miraba desde la terraza podía ser un hombre. Definitivamente, sí, era posible.

Y también podía ser que, con el pretexto del cortometraje, lo que quisieran estos señores era saber si yo había informado a alguien de mi hallazgo. Incluso podían ser, ambos, integrantes de La

Herradura. Evidentemente, eran complacientes con el Gobierno, y La Herradura era parte del Gobierno. Aunque era, en el fondo, mucho más... Sería más adecuado decir que el Gobierno es parte de La Herradura, de ese sistema que se centra en el miedo como herramienta de dominación. Aunque no todo el Gobierno. Solo debía haber una zona de confluencia que juntara los poderes económico y político con una cultura de muerte y de destrucción: el centro creativo de la tiranía. Lo demás, la periferia, solo obedecía.

El comando material de La Herradura era Fausto Mancebo. Era el artífice del envilecimiento de un sector de la economía a la muerte del viejo Fugger. El comando de ideación era Atilio Marcadet, quien había crecido envilecido, por lo que contaba Carlota. Era el fuego del resentimiento encerrado como un pájaro tribal en una jaula muy pequeña, la jaula de la timidez. Así era a los 18 años. Distante, tímido y resentido. Ahora era cercano, conversador y agradable, pero solo en la superficie. Continuaba siendo el mismo animal peligroso emplumado al que habían liberado y que recorría a sus anchas el cielo buscando presas en la tierra. El brazo armado de La Herradura era José María Vicente, el nieto de Fausto, su gran creación. Pertenecía a la nueva generación de hombres violentos, cínicos y educados, amamantados por los viejos salvajes que habían aprendido a hablar.

Estos dos caballeros podían estar al amparo de cualquiera de estas sombras.

Seguimos conversando. Estuve encantadora. La clave de una buena conversación es fingir interés. Bueno, eso no es tan cierto; la clave de una buena conversación es sentir genuinamente interés. Pero en un mundo difuso como este, sentir y fingir pueden ser la misma cosa. Yo entonces fingía. Incluso había probado mirar sus caras y ya no las veía infladas. Agradecí a Dios (es un decir). Ya no tenía que mirar en forma oblicua.

Pude entonces mirar a Alejandro. Él era como una creación de Botticelli: cara afilada, mentón partido, labios finísimos, nariz perfecta, ojos muy claros y marrones envueltos a la mitad por los parpados. La implantación del pelo a los lados era pronunciada. Lo mejor eran sus huesos, que parecían concentrar toda su energía. La carne era algo innecesario. Sus labios hacían una marca del lado izquierdo cuando hablaba, su voz era aguda y su pronunciación pausada. Lo imaginé besándome.

¡No me mire de esa forma! Usted debe saber que todas las mujeres que conoce, absolutamente todas, han imaginado eso al ver la boca de un hombre interesante. Aunque me hace ilusión escandalizarlo. Es reparador que una mujer como yo escandalice a un hombre como usted.

Alejandro no tenía nada varonil y, por no tenerlo, me resultaba muy varonil de una forma que aún no sé explicar. Veía su manzana de Adán muy pronunciada y no podía dejar de mirarla. Realmente ese podía ser el único elemento tradicionalmente varonil que había en él.

Su forma de hablar había sido educada para atraer. ¿Eso sería parte de algún plan? De un plan de La Herradura o de un plan de La Nueva Reunión. Así comencé a llamar en mi mente a lo que yo consideraba era la continuación de la conspiración, ya que La Reunión original había muerto con Raúl y con Carlota.

Creo que finalmente había dejado atrás la tristeza por Raúl. Donde él estuviera, estaba segura de su complacencia por mi renacimiento. La certeza de conocer a las personas es una conquista que permanece con nosotros, imperturbable. Tengo la certeza de que Raúl había impulsado mi encuentro con el hombre muerto. Raúl quería que dejara de lamentarme y que actuara. Quería que yo viviera.

IX

El artista mantenía la mirada baja cuando hablaba y luego solo la elevaba para buscar un signo de aprobación, como un niño indefenso o pretendiendo parecerlo. Aunque parecía un ángel, lo imaginé visitando en forma compulsiva lugares de dudosa reputación en París. De esos que usted conoce, pero que estoy segura no ha visitado en forma compulsiva. Las corrientes submarinas de Alejandro podían ser otra cosa. Imaginé su rostro salpicado de sangre. ¿Sería un ángel cruel? ¿Un ángel capaz de empujar a alguien y luego machacarle el cráneo? Si era así, debía ser pieza de La Herradura. Pieza de Marcadet.

Porque para mí era él, Atilio Marcadet, quien presidía la parte más relevante de La Herradura. La parte más relevante de todo siempre estará hecha de cultura. La cultura está abajo y el poder está arriba, pero sostenido por ella. Eso fue lo que quiso decirme Carlota al asegurar que la gente como el viejo escritor nunca se detiene...

Alejandro del Toro había sido invitado al cumpleaños de Carlota, lo recordaba. Era ya en ese tiempo un joven simpático y Carlota parecía tenerle aprecio.

Me gustaba como se había sentado, allí en la sala de mi casa. Se había tumbado hacia atrás y colocado su mano derecha sobre su pierna izquierda. Me gusta ver a un hombre cruzar la pierna; me resulta erótico, por alguna razón que no comprendo. Podía ser su personalidad de artista lo que me tenía encantada. Yo siempre disfruté cuando un hombre, con su apariencia, se burla de la autoridad de los otros hombres. Estaba vestido de azul, un tono bastante claro para la convención —la convención de hace ocho años al menos—, y tenía el pelo disparado en todas direcciones, bastante más largo del límite para la misma convención. Si tuviese que ubicarlo en un retrato familiar lo ubicaría de niño siempre al lado de su madre y su tía abuela paterna, la llamada María Vicenta, esposa del general Palacios. Estoy segura de que no era del agrado de los hombres de armas de esa familia y mucho menos del general. Y si era desagradable para ellos, era agradable para mí.

El otro hombre, Juan Francisco Baldó, no me gustaba. Era muy callado, pero no era por eso que no me gustaba. Era un hombre intrigante pero antipático. Normalmente las personas intrigantes me resultan simpáticas. Sus ojos eran negrísimos, como dos fosas marinas inexploradas. Su pelo también negro y muy corto, pegado hacia atrás, mostraba además de una amplia frente una tez muy contrastante. El rostro de este hombre parecía un *biscuit* en porcelana de Sèvres que ha perdido su barniz con el tiempo. Era opaco todo en él, excepto sus ojos y el pelo. Su apariencia era impecable, lo cual no era de extrañar siendo como era un arquitecto reconocido por valorar en forma extrema los detalles ornamentales. Su propia imagen era la representación perfecta del «hombre de mundo», si es que esto existía.

¿Qué podría sentir un hombre de mundo viviendo aquí? La gente cuando viaja tanto debe sentir que el país acabará por tapiarlo si no lo hace. La naturaleza puede ser una inclemente sepulturera. El mar, los abismos que regala el Ávila, su celebrada inmensidad y arrogancia, la vegetación desordenada, nada de eso que resultaba tan atractivo a Humboldt tiene por obligación resultar agradable a todo el mundo. Algunas personas consideran que tanta naturaleza sirve de pretexto, que alimenta la mediocridad de la gente vulgar, como si un gran sistema de helechos mentales hubiese atacado no solo el espacio físico de las casas, sino las ideas.

¿Recuerda usted la postal con motivo de la inauguración del tramo ferroviario Macuto-La Guaira-Caracas? En ella se veía el atrevido vagón en medio de un tejido de vegetación absurda que pretendía comérselo. Si comparamos esa imagen con la de la exquisita cúpula tejida de hierro y vidrio de Amberes, en Flandes, la impresionante obra arquitectónica Grand Central en Nueva York o la imagen de la alucinante estación Victoria en Bombay, somos todos capaces de entender las cosas que deben sentir quienes se mueven por el mundo, más allá de este lugar.

Usted ha viajado mucho también, pero no noto ese velo de desarraigo que sí veía en los ojos oscuros de Juan Francisco. Eso era lo que impedía que pudiera penetrar en su pensamiento, como si el espíritu del arquitecto estuviese atrapado en ese estrecho y negro tren que cruza los arrabales de los pueblos del litoral. Como si sus «buenas ideas» tuviesen que atravesar bosques selváticos, túneles oscuros y dar giros peligrosos en las cumbres sin experimentar vértigo por los abismos que culminan en un mar brumoso que se pierde en el horizonte y que es la infinita excusa de todo. Como si en la parte superior de su espíritu también se leyese: The Macuto & Coast Line Railway of Venezuela.

Pero el espíritu de usted no está atrapado en ninguna parte.

Algo tenía este hombre para haber logrado abrirse paso entre otros arquitectos del país, miembros también de familias adineradas. Ese algo podía ser una inteligencia política que revestía *haute couture* y que con sutileza dejaba una fragancia Lanvin de roble y geranios españoles cuando se acercaba. Pero a mí no me gustaba. No me gustaban ni su aroma, ni sus ideas, ni su petulancia, ni su significado. Creo que mi molestia tenía que ver con que era demasiado correcto en sus formas. En este país cualquier hombre políticamente correcto es un inmoral y el tiempo se encargará de llamarlo por su nombre. O al menos eso espero yo.

Juan Francisco ocultaba cosas. Yo no tenía dudas de que era capaz de matar, sobre todo a quienes considerara inferiores o peligrosos. Tenía esa superioridad arbitraria en su mirada y podía ser el perfecto discípulo de Marcadet. Últimamente acompañaba a Efraín Monteverde en nuevos proyectos. ¿Y si esa compañía era una mampara?

Pensé que quizás estaba siendo subjetiva en mi apreciación y que, como Alejandro me parecía excitante y Juan Francisco aburrido, lo había llenado de sospechas desde mi evaluación. Si algo debía era ser imparcial. Debía hacer votos de celibato mental y dejar los juegos para después, aunque en el fondo sabía que no habría después; estaba preparándome para mi batalla final.

Intenté llevar en mi mente un registro de todo hasta que ellos se fueran para después analizarlo con detenimiento.

De pronto, me atacó una sed abrasadora. Miraba la botella que ellos estaban consumiendo y sentí mis labios pegarse uno del otro como una condenada a muerte, pero esa crisis me pasó rápidamente. Porque ya me encontraba embriagada de trascendencia.

No sé cuánto duró esa visita. Serví los tragos tres veces, incluso dije dos o tres cosas que interesaron a los caballeros. Les hablé de mi opinión sobre las proyecciones. Una teoría fundamentalmente emotiva, la mía, pero pareció interesarles. Se la expliqué un poco más. Les hablé del gusto implacable de la humanidad por la ficción como una forma de emoción, de emoción que acompaña a la memoria.

Creo que de esa conversación concluyeron que yo sabía más de lo que aparentaba. Mi conclusión de ese encuentro fue que me encontraba frente a dos moralidades opuestas. También confirmé la idea de que debemos temer a los sujetos liberados. Ellos encandilan. Las consecuencias de obsesionarnos con estas personas son impredecibles y devastadoras. Eso lo reconfirmo ahora. Si no, no estaría hablándole ni sería usted tan decisivo para mí. No habría cambiado mis planes.

Los acompañé hasta la puerta. Estos hombres no tocaron el tema del muerto, pero no los consideré inocentes por ello. Lo que estaba claro era que al menos fingían no saberlo y que entonces, por ahora, yo estaba a salvo.

Al despedirse, Alejandro me dijo:

—Muchas gracias, señorita Ruth. Desde mañana vendrán a mirar su propiedad. Acabamos de hablar con la viuda de Burguera en el hotel, se está quedando allí con su familia. En la Casa de Arena también estamos filmando. Pasamos un rato muy agradable con usted esta noche. Tiene una casa muy hermosa.

Dio la vuelta y se fue, por lo que no me dio tiempo de aclararle su error. Tampoco me importaba hacerlo. Era bastante común que me confundieran con mi hermana, aunque ella tenía una contextura más fuerte que la mía. Realmente éramos dos personas muy diferentes teniendo que convivir bajo el amparo de las reglas familiares, pero eso nadie tenía por qué saberlo. Además, el ostracismo al cual yo me había sometido hacía que la gente me olvidara y en cambio Ruth siempre salía a la calle o a la iglesia, que es casi lo mismo. Yo también salía, pero a sitios solitarios: a la playa, a la montaña, escabulléndome por la puerta trasera de la casa.

Caminé hacia mi habitación con pasos tranquilos. Las palabras de Alejandro sobre lo agradable del rato que pasamos fueron sinceras; uno sabe esas cosas. Lo había podido engañar sin dificultad, todavía conservaba habilidades. No era importante en lo absoluto que Alejandro me hubiese confundido con Ruth, lo que sí era importante era que, según él había dicho, Mercedes de la Plaza estaba en Macuto. ¿Y si era ella?

Esa pregunta ocupó repentinamente mi mente. Miré por la ventana que la noche anterior se había quejado del aguacero. Todo estaba claro, podía ver el reflejo de la luna sobre las hojas. Estuve a punto de devolverme para recoger la bandeja y no dejarla allá en el salón. Ya no me interesaba la botella ni su contenido, así que dejé en manos de Ruth esa tarea.

¡Pobre Ruth! Sentí una lástima desmedida por Ruth. Ella era la que era gracias a mi madre, pero como nada queda impune (o eso creo), mamá había sentido en carne propia el salvajismo de la niña que había creado. Se habían amputado el espíritu la una a la otra, cada una en su momento.

A la mañana siguiente la llevaría a desayunar al hotel; a esto me refiero con mi amabilidad. Parece que siento placer al brindarle a alguien un poco de alegría, debe ser una reminiscencia lúdica. Sabía que en el fondo, y aunque no lo reconociera, a ella le encantaba el Hotel Miramar. Podía permitirme ese gasto porque, aunque habíamos empobrecido, podía jugar a mi modo con algunas prioridades, y aclarar lo del cadáver era prioritario. Ruth, en cambio, no tenía ninguna prioridad en su vida porque los niños solo tienen deseos. Los motivos son de aquellos que maduramos. Las personas como Ruth son parecidas a los limones cuando se enmohecen y se desnaturalizan; tienen una forma discontinua de madurar, una forma perversa.

X

Me sentí un poco culpable por haber perdido todo el día en esa condición confusa, semidormida, en la cual había estado.

Para este momento ya habrán encontrado al hombre de la playa, me dije. Aunque era extraño que Ruth no hubiese renunciado a ese silencio inaudito para darme la noticia, porque no todos los días aparecían muertos en nuestra costa. No, ella no debía saberlo, y si Ruth no lo sabía, el pueblo tampoco.

Estas reflexiones las hacía mientras subía las escaleras. Me detuve donde siempre lo hago y fue entonces cuando me di cuenta de que había sucedido algo imposible: el cuadro no estaba. La pared estaba desnuda, culpable. El Corazón de Jesús había desaparecido.

¿Desde cuándo? Eso no era posible, no mientras Ruth viviera. Recuerdo que una vez le sugerí que lo quitáramos, o que al menos lo moviéramos de pared, y me miró con tal indignación que parecía la indignación comprimida de mucha gente. Una indignación social personalizada, como si me demandara una expiación suprema por tal sugerencia impensable, así que no lo mencioné más.

Pero ahora el cuadro no estaba. Me había liberado de la mirada taimada y ni siquiera sabía desde cuándo. ¿Lo acabaría de quitar? Intenté hacer memoria. ¿Estaría allí cuando bajé la escalera? ¿Y en la noche cuando llegué? No lo recordaba. En la mañana le preguntaría qué había pasado con él, pero era muy extraño.

Tenía algo de hambre, pero no tenía fuerzas para hablar con mi hermana ni tampoco para volverla a ver. Solo tomaría un poco de agua en mi habitación y nada más. Terminé de subir y cuando vi la puerta de mi cuarto me pareció que me reclamaba algo; la mesa pesada de madera oscura que siempre había estado abajo junto a la vitrina del comedor ahora estaba junto a mi puerta y sobre ella había una pila de candelabros colocados sin sentido, incluso el de gran tamaño, negro y sólido. Junto a él había además una plancha pequeña que era la plancha preferida de Basilia. Además, había una alfombra deshilachada y manchada bajo la mesa que se asomaba indiscreta y rozaba el borde de la puerta de mi cuarto. No sabía de dónde la había sacado, porque esa alfombra nunca la había visto. Definitivamente Ruth cada vez estaba peor. Ya lo que hacía solo tenía sentido en su cabeza, porque su soberbia se transformó hace mucho en ceguera y no tenía idea de lo disparatadas que resultaban sus acciones.

Ignoré los alocados cambios que había hecho. Seguramente ese lugar estaba así desde la noche anterior, pero yo, en medio de mi desequilibrio, no lo noté. Llegué a mi cuarto y cerré la puerta. Sobre la mesa al lado de la ventana vi la bandeja pequeña con un plato. Este contenía unas papas y una carne picada en trozos pequeños, negruzca, por lo cual pensé que era una asadura. No tenía buen aspecto y, sin embargo, tenía hambre y debía agradecer que mi hermana me hubiese llevado algo de comer. Seguramente lo hizo mientras yo conversaba con Alejandro y Juan Francisco. Nuestra casa es sumamente grande y la mayoría de las veces cualquiera de nosotras puede desplazarse sin que la otra ni siquiera lo note. La comida estaba fría. Probé dos bocados de papas y algo de la asadura. Era repugnante.

Me quité la ropa, la dejé en la silla, me tumbé en la cama. Me aseguré de que tuviera puesto el medallón y mi mano se prendió suavemente de él. Sentí algo de paz porque al final Carlota tenía razón en cuanto a mí.

No la vi morir. Realmente nadie la vio morir, porque las personas fuertes casi siempre mueren solas, y eso resulta irónico;

sería justo a esas personas a las cuales uno quisiera acompañar. Nuestras creencias premian la cobardía y son displicentes con el valor.

Supe de su muerte cuando el pueblo lo supo. Yo no formaba parte de la familia, por eso nadie me avisó y tampoco sabían del sentimiento que me unía a ella. Carlota había sufrido un ataque al corazón. Vino mucha gente de Caracas a su entierro. Ella le había pedido a su nieta Mercedes que la enterraran en el cementerio de La Guaira: «El mar comprende mejor la muerte, mucho más que la ciudad», había dicho.

Al día siguiente de su entierro recibí la visita en casa de la señora Antonia. Su rostro estaba enrojecido e hinchado, la tristeza lo había trasformado. Me entregó una pequeña caja de madera grabada:

—La señora quiso que esto fuera para ti —me dijo. La abracé con una fuerza que no sabía que tenía. Antonia había querido mucho a Carlota y lloré como una niña sobre su hombro porque en ese momento ambas éramos huérfanas, aunque éramos dos huérfanas diferentes. Ella se había quedado sin pasado y yo me había quedado sin futuro. Le agradecí el gesto y la vi irse enfundada en un vestido negro. Caminaba despacio, como si le faltara el aire... Yo también caminaba despacio, porque también a mí me faltaba el aire. Tuve que echarme agua en la cara antes de abrir mi regalo. Abrí la caja y vi que su contenido era brillante, de color azul verdoso. Era este medallón que cargo conmigo. Me lo había confiado a mí.

Recuerdo tan vivas las palabras de Carlota al describirme su cumpleaños y a sus invitados. ¡La vi tan alegre! Por eso yo también pensé que la preocupación de Raúl era excesiva.

—Hoy también vendrá Fausto Mancebo —me había dicho ella—, el grande y respetable Fausto Mancebo. Vendrán mi buen amigo el ingeniero Pedro Enrique Santana y el muchacho artista, Alejandro del Toro, y vendrá el otro joven, José María Vicente, el nieto de Fausto e hijo de María Brígida y Víctor Horacio Palacios. ¡Vamos a divertirnos, Inda! Veremos a la gente que sale a flote, a la gente que se hunde más. La línea del *anima mundi* en todo su esplendor. Los ángeles y los demonios comiendo en mi casa la carne prensada supervisada por Antonia. También vendrá el nuevo cura Raúl, y don Atilio Marcadet; creo que Atilio ahora funge como un tutor para el muchacho José María Vicente. Marcadet es una constante en el poder, hija, no lo olvides. Una constante solo vulnerada durante el mandato del imbécil y bravucón de Apascacio, para ser retomada de la mano del general Monteverde. La gente como él nunca se detendrá...

Es increíble mi capacidad para recordar cada palabra que Carlota me decía. En algunos momentos he estado convencida de que me las continúa diciendo desde la tumba.... Ella me apreciaba y quería que estuviese allí, pero a última hora decidió que me fuera antes de que los invitados llegaran. Me quedé cerca de la casa. Quería ver un poco más a Raúl. Y lo vi, conversando con Ruth en la entrada, lo cual, en ese momento, no me resultó extraño. Luego vi llegar a Alejandro. El mismo que había reído y hablado conmigo hacía breves instantes. Luego llegaron los demás...

Puede que haya sido la emoción de conversar, pues tenía años sin hacerlo (no se lo imagina), pero allí, acostada en mi cama y tocando mi medallón, sentí ganas de volver al sitio donde había encontrado al hombre.

A todos nos gusta que nos llamen especiales, y él lo había hecho. Hay excesos que no existen para la raza humana. Ya no sentía su presencia en la casa; puede que no le gustara la casa llena de gente, o que no le gustara que pasara todo el día descansando cuando había tantas cosas por hacer. Sería como ir a conversar con él para explicarle. Uno a veces tiene tantas cosas que decir... Pero, sobre todo, era importante que le explicara al espíritu de ese hombre que aún debía rondar en la playa que yo estaba decidida a hacer algo, que podía confiar en mí.

Luego deseché la idea. Era realmente un disparate, porque él ya no estaba allí. Él estaba muerto. Tengo muchas ideas y la mayoría las desecho. No sé de dónde sale mi capacidad imaginativa porque he leído que esta está asociada a la confianza que nos brindan cuando crecemos. No sé si es posible que la imaginación nazca de una confianza autoprocurada.

Puse la cabeza sobre la almohada. Ese momento de la noche era muy silencioso, al menos lo fue esa noche. Prestando mucha atención solo se escuchaban algunas ranas y grillos. La capa más interna de la noche es ese sonido que queda cuando el mar no se oye.

Todo ha sido un invento tuyo para no aburrirte, por esa imaginación malsana que te enseñó papá, dijo la voz dentro de mí. Debía demostrarle a mi voz incrédula y pesimista la verdad. Ella decía que el hombre de la playa no había sido real, pero yo tenía el papel con el mapa que saqué de su bolsillo. Debía estar cerca de la puerta, tirado. Lo dejé en el piso y no lo recogí en todo el día, así que decidí buscarlo.

No estaba en ninguna parte. Moví las sillas, las mesas, la cama, revisé incluso debajo de la alfombrita. Pasé frente al espejo en mi búsqueda desesperada y otra vez vi el mismo reflejo.

Debes aceptarlo, me dije.

No lo haré, respondí.

Escuché unos pasos en el pasillo que parecían producirse cada vez más cerca y luego se detuvieron. Seguramente Ruth vendría a retirar la bandeja. Pensé por un momento que, fuera lo que fuera lo que no le permitió dirigirme antes la palabra, ya estaba superado. También pensé que no era buena idea encontrarme con mi espectral hermana precisamente en ese momento. Sin embargo, si ella quería hablarme no podría esquivarla mucho tiempo más. Tendría que hacerme cargo. Así le diría que había pasado el día en cama porque me sentía cansada, le contaría lo del cortometraje y le informaría de una vez la intención de desayunar en el Miramar al día siguiente. Tomé una bata de cama que estaba doblada en el mueble y me la puse.

Abrí la puerta para hablarle y vi una imagen fugaz, una falda en movimiento y sentí un impacto en mi cabeza.

Un golpe en el lado derecho. Antes de desmayarme, una corriente eléctrica inundó mis codos. Adiviné lo que estaba pasando. Me enfrentaba a la muerte y agradecí no por mi vida, sino por las últimas horas de vida.

Después, todo se oscureció.

XI

Lo único que veía eran las vigas. El contraste entre el negro de la madera y el blanco del techo que conocía desde niña. Estaba acostada en mi cama y seguía viva: no era poca cosa.

Me dolía la cabeza. Me asemejaba a un animal inmóvil frente a un peligro inminente, temiendo que si me movía comenzaría a sentir un dolor insoportable. Temía un desenlace nefasto, que me faltara algo, una parte de mi cuerpo. Estaba obsesionada con las amputaciones, los cortes, las partes dispersas. Debía ser por la práctica de Ruth de comprar animales vivos para matarlos ella misma. Eso podría hacerlo Basilia o la cocinera de Anselmina, que siempre se ha puesto a la orden. Pero Ruth parecía disfrutarlo. Recordé la canción infantil que dice «la manito la tengo quebrada y no tengo ni huesito ni nada». Todos tenemos una imaginación sádica; es una forma de anticiparnos a lo que puede ser y no descubrirnos como seres cándidos. Parece que la candidez ya no es una buena idea.

Armándome de valor, miré mis brazos y mis manos. Los moví; todo estaba bien. Luego las piernas, igual. En mi cuerpo no había ninguna señal de violencia.

Lo último que recordaba era el golpe. Toqué la parte posterior de mi cabeza; mis dedos sintieron el lugar abultado, allí me habían golpeado, pero no sangraba, todo estaba seco. Era solo una inflamación, pero no debía ser tan grave. Mi visión estaba inalterada y no estaba mareada.

Busqué el medallón con mi mano izquierda: todo estaba en su lugar. Parecía que no hubiese pasado nada. Me levanté con una mínima dificultad, pero en ese momento el dolor en la cabeza se hizo más severo. Este no era igual al dolor de cabeza con el que despertaba todas las mañanas, el cual se concentraba atrás, como una bola de fuego, en la parte central. Este que sentía era lateral y punzante. Debía ponerme hielo.

¿Habría imaginado a la mujer? Claro que no. Había visto el borde de una falda danzar frente a mis ojos al salir del cuarto. ¿Por qué no recordaba el color de la falda? Y el golpe no lo había inventado. ¿Pero cómo habría despertado en mi cama? Fue Ruth. Seguramente Ruth pensó que yo me había caído producto de alguna borrachera. Ella sabía. Ella conocía mis hábitos y, como fiel representante de esta tradición familiar, estaba convencida de que los problemas deben ser ignorados y nunca confrontados, como si así dejasen de existir. La realidad siempre ha sido la enemiga a ignorar en esta forma de familia.

Para Ruth tampoco debía ser fácil tener una hermana como yo. Seguramente me vio tirada en el suelo, me recogió y me llevó hasta la cama. Yo no lo recuerdo. Porque la otra explicación era que la misma persona que me golpeó me llevara a la cama, pero eso era muy improbable.

De pronto sentí miedo por mi hermana. ¿Estaría bien? ¿Le habrían hecho algo a ella? Yo no deseaba eso porque necesitaba que la antítesis de mi vida continuara en ella. Me moví lo más rápido que pude y la cabeza comenzó a dolerme con mayor intensidad.

Abrí la puerta de mi habitación y casi me caigo sobre los candelabros y la alfombra. La mesa estaba obstaculizando parcialmente la salida de mi cuarto; no estaba en su lugar original. Los objetos colocados sobre ella ahora estaban en el piso y la alfombra estaba replegada sobre sí misma formando unas protuberancias irregulares. Todo eso podía hacer que cualquiera se cayera. Recogí los objetos, los puse sobre la mesa y la empujé hacia la pared. Quise alisar la alfombra, pero al hacerlo tuve que agacharme y, al bajar la vista, sentí otra puntada en la cabeza.

¿Y si lo que sucedió se debió a un tropezón al salir del cuarto y a que cayó sobre mí el candelabro que ahora descansaba en el piso? Pudo ser eso... pero no me lo creía. Sin embargo, eso pudo haber creído Ruth. Incluso esa escena pudo estar así dispuesta para que todo pareciera un accidente.

Imaginé a Alejandro enredado en todo esto. Lo imaginé levantando algo contra mí. ¿Y si el golpe hubiese sido más fuerte y me hubiese matado? ¿Lo habría medido con destreza? ¿Estaba acostumbrado a golpear a la gente?

También imaginé al hombre *biscuit*, al desarraigado arquitecto, haciendo lo mismo. Lo imaginé, desvirtuando su futuro predecible de burócrata apoyando la dictadura y convirtiéndose en una pieza violenta de la misma dictadura. De cualquier forma, no cambiaría de bando.

Si al menos recordara el color de la falda, me dije.

No recordarás nada porque nada de eso sucedió, dijo mi voz antipática.

Claro que sucedió, tengo un golpe en la cabeza, seguramente me golpearon con el candelabro o con la plancha de Basilia, me respondí.

En primer lugar, debía verificar que Ruth estuviera bien y no estar allí arreglando las cosas en lugar de comprobar eso primero. Parecía practicar la patética idea de que en las casas el orden material está por encima de las personas. Luego me pondría hielo en la cabeza porque me estaba estallando y, además, comprobaría si la planta baja de la casa delataba alguna intromisión y si las puertas estaban bien cerradas. Estaba allí parada y adolorida, en medio de un remolino de deberes urgentes.

Caminé hasta el cuarto de Ruth. No me gustaba entrar allí, pero esta vez era mi deber. Mientras caminaba me sentí profundamente indefensa porque había sido atacada en mi propia casa y ya no podía estar segura. Abrí la puerta con sumo cuidado. Allí estaba acostada Ruth, dormida. Era la única forma en la cual se veía relativamente normal. Parecía estar en paz, pero en realidad no lo estaba. Ruth era una persona atormentada. No le habían hecho daño y en ese momento eso era lo importante. Me vino a la mente una idea impertinente: ¿cómo serían los sueños de Ruth? No me gustaría visitar ninguno de ellos ni que ella encarnara mi personaje en alguno de los míos. Cerré la puerta silenciosamente. Tenía que bajar, mi cabeza empeoraba.

Mientras llegaba al primer piso, volvió a asaltarme la duda sobre quién me habría acostado. Me convencí a mí misma de posponer esa reflexión. No escuchaba nada, solo la gata me perseguía en silencio. Pasé junto a la pared que antes mostraba el cuadro. Esa ausencia también me incomodaba, no entendía por qué, si yo siempre lo había cuestionado. Me sentí masoquista.

Llegué hasta la puerta principal, que estaba cerrada, al igual que las ventanas. No parecía haber ocurrido nada raro allí abajo. Fui a la sala. La bandeja con los tragos no estaba, todo lo demás estaba tal como yo lo había dejado. Cuando logré tranquilizarme un poco y en una actitud más conciliadora con la casa, exculpándola por haber albergado al atacante, me dirigí a la cocina en busca de hielo. Volvió a asaltarme la afirmación de que ellos o ella me habían acostado en la cama. Estaba segura de no haber sido yo. ¿Lo estaba? Recuerdo la oscuridad y nada más.

Recuerdo que justo antes del golpe me sentí importante. Alguien se estaba tomando la molestia de acabar conmigo, pero solo me golpearon. Tuvieron consideración, diría mi madre. La hipótesis más sólida en mi cabeza comenzaba a ser que la misma persona que me había atacado me había recogido. Ruth quizás no tuviese fuerza para hacer eso. Mientras me ponía el hielo y sentía las gotas heladas correr por mi cara, seguía dándole vueltas a ese asunto. No sabía qué sentir al respecto. ¿Qué hubiese sentido usted? El odio y la ternura en una misma persona: odio en los músculos del brazo para golpearme (¿con qué me habrían golpeado?) y consideración y humanidad en las neuronas para acostarme en mi cama. A menos que el golpe hubiese sido porque no había otra salida. La ternura era lo real y subterráneo y el ataque solo una estrategia superficial. ¿Era posible que el mal no fuera el centro? Mucho me temo que si eso era cierto habría que reinventar siglos de historia religiosa.

Disculpe mi forma turbada de filosofar, aunque no parece estar aburrido y tampoco turbado, usted no parece sentir nada. Sé que eso en parte es mi culpa. ¿Ha leído a Hegel? La centralidad del mal como dialéctica dominante de todas las cosas. ¿Y si el mal era solo algo más, algo que forma parte del paisaje? Entonces no tendría sentido tanta obsesión contra él. Entonces las personas que se ufanan de descubrir la bondad y la maldad en las otras y que andan enderezando vidas se quedarían sin trabajo y sin poder. ¿Y qué haríamos con todo ese placer suscitado cuando vencemos a los malos? ¡Pobre San Miguel Arcángel! (él es de mis favoritos, adoro el color de sus ojos.) Ya no seríamos seres trascendentes o al menos tendríamos que inventar otra trascendencia. ¿Podría ser posible que, al final, nos desembarazáramos del mal como lo hacemos de la leche rancia? ¿No era eso de lo que se trataba La Reunión, de alguna manera? Parecía que el golpe en la cabeza me había detonado algunos recuerdos y algunas de las reflexiones existenciales que compartí con Raúl y con Carlota.

El hielo estaba cumpliendo su función, ya no sentía tanto dolor. Si alguien me había golpeado y yo no había tropezado con esa trampa que había puesto Ruth en la salida de mi cuarto, quería entender la razón. ¿Por qué lo habrían hecho? ¿Sería para llevarse el papel? Pero, ¿cómo sabían que yo lo tenía? Debían haberme visto junto al cadáver y haberme seguido.

¿Por qué tanto interés en ese bendito papel? Lo único que contenía era el mapa del hotel y una frase que solo podía ser significativa para mí. En ese momento tomé consciencia de la falta de relevancia de esos dos elementos, porque uno comete el error de subjetivar el mundo exterior la mayoría de las veces. Como si al país le importara la vida de los inocentes, la vida de Raúl, la ilusión de la libertad. Todo eso se redimía en mi mundo, no afuera. Afuera nadie se acordaba de las cosas que podían ser y por eso la conspiración no parecía ser relevante en la vida de las personas, por lo menos no de la mayoría.

La parte de mí que reflexionaba de esta forma, tal como le he dicho, era mi propia fatalidad: la rastrera, la oculta. La compuesta por un coro de voces sabelotodo pesimistas, donde algunas veces identificaba la voz de mamá, pero no siempre. A veces otras voces colectivas eran más altisonantes. Pero, por otro lado, la voz optimista y solista —esa que había comprendido la función pragmática de la muerte del hombre que había besado como la razón de haber vuelto especial mi vida— estaba cobrando fuerza y me hacía reflexionar sobre otras cosas no tan esclavas del destino.

Por ejemplo, me hacía pensar que siendo el Hotel Miramar un lugar, lo lógico era suponer que allí debía pasar algo o ya había pasado algo. La frase escrita, en sí misma, podía no tener importancia, pero ambas cosas juntas podían significar que en el hotel pasaría algo relacionado con La Nueva Reunión. Aun siendo así, parecía infantil el significado de ese papel (ahora volvía el coro de la fatalidad). Me sentí ridícula. A menos que esas formas y letras hubiesen significado algo más que yo no advertí (volvía a reponerse la solista). A menos que solo me hubiese quedado con lo formal y no hubiese hurgado convenientemente hasta descubrir lo esencial...

También pudo haber sido ese papel algo que ya había pensado antes: una forma de identificación entre dos personas. Lo que recordaba del plano era que parecía haber sido hecho a mano y en forma rápida, como cuando uno dibuja algo para que otra persona se ubique espacialmente. La escritura la recuerdo diferente, como repasada por encima del dibujo inicial. Ese papel pudo reflejar una comunicación entre dos personas, y la última que escribió las letras, al hacerlo, estaba descubriéndose frente a quien veía el escrito. Estaba identificándose con la misma frase que nos había dejado Raúl, la frase «cementerio de los hijos de Dios» en latín. Yo creía saber de quién era la letra, aunque lo que había en mi cabeza era solo una suposición.

Pensé que por ese camino de elucubraciones no llegaría a nada concreto. Debía salir de mi casa y apurarme en hacerlo, porque era afuera en donde estaba la verdad. Me di cuenta de que tenía hambre. Busqué un trozo de queso. Comí rápidamente, sin ningún placer, solo para sobrevivir. Además, quería mantener el plan de ir al Hotel Miramar a desayunar, ahora más que nunca. Me pregunté si no debía denunciar la agresión de la que fui objeto en mi propia casa, pero decidí no hacerlo; no tenía seguridad de nada y mucho menos pruebas. Era mejor esperar, conversar con Ruth y ver si ella me decía algo. Debía tratar con cuidado a Ruth, ella era mi libro abierto. Su capacidad de pensamiento era muy limitada, pero su memoria era insuperable. Desde la iglesia a la que iba varias veces al día se enteraba de todo; quién venía, quién iba, de todo lo que se comentaba.

Recuerde que mientras yo flotaba en el alcohol, ella se encargó de la casa, de nuestras vidas y de nuestras muertes. En mis pocos momentos de lucidez la escuchaba hablarme. En esos momentos yo solo tenía dos funciones sociales: orientarla en relación con lo que debíamos vender para poder vivir con la apariencia imprescindible para no deshonrar nuestro apellido, y escuchar lo que decía del pueblo. Por eso sé todo lo que sé, por ejemplo, de los dos caballeros que me visitaron, y por eso sé algunas cosas sobre usted. Ruth, a pesar de todo, era esencial. La gente como Ruth siempre ha sido esencial. Las niñas sentadas eternamente junto a sus madres y sus tías...

Como usted es una persona inteligente y ya estoy cansada de aclararle en mi relato cuándo la raíz de un pensamiento deriva de mi exquisita fatalidad histórica (que recientemente he representado como un coro) o de mi juvenil e impulsiva energía libidinosa optimista (la solista de la que le he hablado), dejaré de hacerlo. Simplemente expondré mis ideas y sabrá clasificar cuáles de mis voces internas está manifestándose. Ser dual, además de aterrador, es fascinante. Como cuando se espera una tempestad, ¿no le parece? Porque la predictibilidad se ve vulnerada. Es como si en este momento no estuviésemos usted y yo solamente, sino como si hubiese más gente hablando, al menos de mi parte.

Esa mañana preparé el café. De allí en adelante solo tomaría agua y café. Ya quería trazar mi plan, era urgente. Las cosas estaban pasando demasiado rápido, pero ahora yo tenía mi propia teodicea y lo primero que debía era rescatar mi racionalidad. Por los momentos no estaba corriendo peligro, no me habían asesinado; solo querían el papel. De pronto tuve la certeza de que quien recuperó el papel no había sido La Herradura sino los conspiradores. Después de todo, ellos eran más inteligentes. La Herradura nunca entendió lo que hace la conspiración y eso los asusta aún más. Seguramente estaban esperando acciones armadas y no una conspiración de otra naturaleza. Era muy difícil suponer que una mujer fuese peligrosa para el Gobierno. La falta de imaginación terminará siendo la destrucción de esas personas y de sus primitivos argumentos. Sin embargo, debo aclararle que yo sé que hay una parte de la conspiración que sí está armada, que es radical. Son nuestros perdidos jacobinos. Usted también lo sabe, pero no es la mayoría.

Carlota nos enseñó a plantearnos las cosas de otra manera. Ella tenía una relación inusual con el conocimiento, sobre todo siendo mujer. Se había rehusado a seguir formando parte del espectáculo de la civilidad que disfrazaba al país, que es la encandilada frivolidad en nuestro particular reinado del terror. Había optado por entregarse al pensamiento mismo: *En el pensamiento es en donde reside la libertad*, repetía siempre recordando al filósofo. La libertad no consiste en montarse en un barco y conocer otras tierras si el pensamiento es oprimido por el silencio de la costumbre, perverso medio de la barbarie y de la miseria de todos. Incluso los barcos están llenos de miserables bien vestidos y emperifollados. Los muchachos emperifollados del General, decía Carlota. Ella era una mujer intrigante... Yo no dejaba pasar los momentos con ella, me gustaba contaminarme y dejarme tragar por ese lugar de colección que era la Casa de Arena y por la coleccionista. Esas eran mis urgencias en esos días.

Un día le pregunté por qué había dejado la ciudad para venirse para acá. Me dijo con voz clara y con una rapidez violenta que lo que había tenido la culpa de su repliegue en Macuto había sido la bendita Exposición Nacional, porque esta le había abierto los ojos. La «Gran Exposición Nacional» donde se pretendía mostrar al mundo que éramos más que monte y ruralidad y me dijo que lo que demostramos fue una contribución sustancial al espíritu del mal gusto, de la sordera y de la banalidad. No entendía cómo nos habíamos hecho, en lugar de un país, una cáscara lisonjera sin nada adentro. No sabía dónde había estado el extravío, la equivocación. Así decretó la muerte atemporal, y por lo tanto eterna, de su interés por Caracas. También me dijo que no extrañaba nada de la ciudad a excepción de la montaña:

—Sentirse parte de una montaña, sentir que respiras en sus entrañas, te da una sensación de grandeza silenciosa diferente a la que da el mar —dijo—. Es otra forma de libertad.

Yo me quedé pensando qué clase de libertad daba el mar. Ahora lo sé.

Pero debo continuar con mi relato y no distraerme tanto. Le ruego disculpe mi verbosidad excesiva.

La verdad es que quisiera que esta conversación nunca terminara.

XII

Esa mañana me llevé mi taza de café al cuarto. Podría habérmela tomado en la cocina o en la terraza de la planta baja, pero no lo hice. Aunque me había reconciliado con la casa, aún no la consideraba del todo segura. Esa sensación de resguardo que antes me transmitía se había esfumado. El único lugar que ahora me resultaba confiable era mi cuarto. Cerré la puerta con llave y me senté en el sofá, frente a la ventana abierta. Debían ser las seis de la mañana. Eso indicaba la claridad. Es una hora extraña. Pinta una luz naranja que lo cambia todo y que separa mi espacio del mundo exterior. El mundo con la luz de la mañana es azul ártico y brillante y mi cuarto parece alumbrado con un candil cóncavo y enrojecido. Como una caverna.

¿Usted ha tenido una sensación melancólica en las mañanas, cuando algo susurra todo lo que le han quitado? Yo la tengo a menudo. Claro, a mí me lo han quitado todo, pero, a pesar de eso, la sensación no cesa: todos los días lo pierdo todo otra vez. Me refiero a que a esa hora de la mañana se siente un decaimiento, una pesadumbre, como si a todos nos acabasen de golpear, como si la luz nos mostrara la naturaleza de lo que pensamos de nosotros mismos. Y eso fuera algo agobiante.

¿Entonces todo esto valdría la pena? ¿No era inocente la invitación del muerto a que yo volviera a creer? No era mi obligación seguir. ¿Por qué no volvía a las botellas que dejé a medio andar? La voz apocalíptica en mi interior a esa hora se hacía aguda. Y mucho más esa mañana tras haber sido golpeada.

Yo me respondía a mí misma que debía continuar porque estaba poniendo en ejercicio mi propia libertad. No era ni sobrevivencia ni obligación. Era mi arte refractario a cuanta barbarie podía traer ese mundo azul, una barbarie que no era ignorancia, sino indiferencia. Mi voz más fatalista se apresuró a responderme que la libertad era superflua y que si miraba un poco más a la gente vería que solo sobrevivía y obedecía, que yo era solo una diletante inmoral y que la consecuencia era ese golpe, porque el mundo había respondido como sabía responder.

A mí me parecía preciso ser inmoral en este país. Ya no quería esa paz azul o blanquecina de allí afuera. La paz de la muerte. La trascendencia se había vuelto mi necesidad y no iba a volver a sucumbir ante el orden réprobo que reinaba entre las momias de Hauschild. Si había que escoger entre esa paz y mi guerra, escogería mi guerra. Iba a encontrar a la mujer responsable de la muerte de Raúl, que era también, estaba segura, la causante del asesinato del hombre de la playa. Sentí, allí dentro, el consuelo necesario porque contaba con la luz ensangrentada de mi cuarto: anaranjada, tenue, suave, amable. Como si me envolviera el pañuelo con la sangre derramada.

¿Sabe que la hora a la cual me refiero es precisamente esta que está sobre nosotros en este atardecer? Cuando sale el sol y cuando muere pasa lo mismo en el cielo, y lo que pasa es que la luz nos impone una reflexión diferente. Una vez superada mi tristeza (como la he superado en este momento), volví a la realidad de mi situación.

Terminé de tomarme el café y noté, en el fondo de la taza, un residuo. ¿De dónde habría sacado Ruth ese café? Algunas veces ella conseguía en el puerto unos granos más baratos, de menor calidad. Sería eso.

Sentí sueño, mucho sueño, otra vez. Sería un efecto retardado del golpe. Esperaba que no, porque ahora quería seguir con vida. Me acosté en el sofá. Consideré que era muy temprano y que podría dormir un rato antes de ir al hotel. Comencé a pensar, un poco adormilada, en el hombre de la playa. ¿Se lo habría llevado la policía? ¿Los hombres del General? ¿O la propia conspiración? Posiblemente ninguna noticia con relación a su muerte podría obtener, pero sí alguna noticia sobre la ausencia de alguien, a su desaparición repentina. Por otro lado, debía perseguir a Mercedes de Burguera y a la otra nieta de Carlota, si es que esta estaba también en Macuto.

Soñolienta, recordé a Carlota con voz juvenil cuando me dijo en la víspera de su cumpleaños: «Hoy conocerás a Mercedes, a Consuelo y a las niñas Dolores y Eugenia». Realmente estas dos últimas no eran unas niñas; Dolores debía rondar los dieciséis años y Eugenia los catorce. Carlota asomó en su rostro una emoción intensa cuando las nombró a las cuatro, como si algo muy querido se mezclara con algo repugnante, como un cóctel mal preparado, mal concebido. Si al menos pudiera recordar la emoción que traslucía al nombrar a cada una, pero era inútil. No le presté tanta atención en ese momento.

Esperaba que mis alucinaciones ya fueran parte del pasado. Si me iba a enfrentar con el mundo exterior, con los ojos de la montaña, debía ser a mi manera. Y para ello necesitaba poder mirar a la gente. Debía encontrarla a ella, quien habiendo tenido todo para ser una buena persona, prefirió ser parte de la fatalidad.

Me quedé dormida en el sofá del cuarto. Lo sentí cómodo y complaciente, como si fuera un eficaz instrumento de alguna confabulación. Lo último que recuerdo, antes de perder la conciencia, fue ver tendido en el patio un trapo ensangrentado.

MIRAMAR

IX. Una mujer extraña

En la mañana del 28 de enero una mujer extraña pasó cerca de la mesa donde las De la Plaza se encontraban. Proyectó una sombra lenta. Una de ellas sintió un olor extraño, inusual, peligroso. Mercedes y Consuelo la observaron de una forma desagradable, sobre todo esta última. Margarita le sonrió. Margarita le sonreiría a lo que fuera, incluso a su propio verdugo. Eugenia miró hacia abajo, como queriendo escabullirse; Dolores se hizo la desentendida.

Consuelo fue la primera en levantarse, argumentando que hacía mucho calor, y se fue a su habitación. Eugenia dijo que iba a caminar por allí. Dolores decidió subir el camino de la montaña y Margarita se fue a la playa. Mercedes se quedó sentada, pensativa.

Un hombre sentado, en la misma terraza, miraba la escena.

A una de ellas le aterraba lo que él sabía. En las actuales circunstancias era preciso que él desapareciera, porque ahora ella tenía una nueva vida y no quería recordar lo que había sido capaz de hacer en el pasado. Tampoco quería recordar al hombre que había empujado hacia el abismo. ¿Alguien lo sabría? ¿Alguien la habría visto hacerlo? Debía continuar disimulando.

INDALECIA

XIII

Veía unas gotas caer sobre una taza blanca. Eran gotas de sangre que salían de un gotero de goma gris polvoriento apretado por los dedos de la mano de una mujer. Al despertar escuché un gotear, pero ese latido provenía de dentro de las paredes. Los ruidos que hacen las casas nos recuerdan todo lo que no se ha dicho dentro de ellas. Calculé haber dormido un par de horas. Me bañé y me vestí, sin verme en el espejo. Me puse este vestido verde claro que siempre me ha gustado. Tuve la intención de volver a buscar el papel con el mapa, pero era inútil, y ya debía dejar de hacer cosas inútiles. Bajé. Esperé a Ruth sentada en la mecedora de la sala. Ella también era mi amiga, la mecedora.

De pronto me pregunté si ya había invitado a Ruth a desayunar al hotel. No recordaba haberlo hecho. ¿Por qué no recordaba haberle hablado? La última imagen que tenía de Ruth despierta era la del turbador ovillo que rezaba en la cocina. Pero también creía recordar que antes de quedarme dormida hacía unas horas, ella había tocado a mi puerta y que, sin abrirla, habíamos intercambiado unas palabras. Ella me preguntaba cómo estaba y yo le respondía que bien y aprovechaba para invitarla a desayunar en el Miramar. Ella respondía afirmativamente y dijo que nos viéramos a las nueve. No estaba segura de si ese recuerdo era cierto, si era producto de mi imaginación o si se trataba de un sueño, así que decidí esperar.

Cuando el reloj marcó las nueve campanadas allí estaba Ruth, bajando la escalera. Parecía salida de un manicomio. Y ya estaba lista para acompañarme al hotel, así que todo el pueblo volvería a verla vestida como una loca y también todo el pueblo me vería junto a ella. No me importaba.

Salimos de la casa. No recordaba cuándo fue la última vez que caminamos juntas. Lo hicimos pausadamente. Uno de mis mayores placeres es caminar junto a alguien diametralmente opuesto a lo que soy porque experimento una especie de dulce derrota de mis propios argumentos, como si la diferencia no importara. Como si por alguna vereda uno llegara al final de todo, porque al final es cuando nos damos cuenta de que la diferencia no importa.

Ruth me habló.

—Inda, no lo tomes a mal —fueron sus palabras—. No quiero que nadie te haga daño como te pasó antes. Recuerda que hay gente mala.

No entendí a qué se refería exactamente, pero era normal que yo no entendiera a Ruth. Ver la vida de esa forma como ella la veía, para mí era igual a morir. Cada quien muere de una manera diferente.

Me emocionaron sus palabras. Debían ser ciertas porque a mí me emociona la verdad, aunque sea terrible. Y la verdad era que, si yo desaparecía, me iba o moría, Ruth quedaría indefensa. Ella me necesitaba.

Seguimos caminando en silencio. El sonido de nuestros pasos eran los únicos acompañantes junto a las voces de los pájaros. Cuatro hermosas guacamayas pequeñas de lomo azul brillante se cruzaron en el cielo. Ruth y yo las miramos y no sé por qué el tiempo pareció alargarse. Estuve a punto de preguntarle si me había recogido al verme tirada en el piso junto a la puerta del cuarto, pero algo me dijo que era mejor no hacerlo.

Entonces cometí un error: le pregunté por el cuadro. Su reacción fue muy violenta. Me miró con rabia y me dijo tajantemente que prefería no hablar de eso, que yo sabía muy bien lo que había pasado. ¿Cómo iba a saberlo yo? Me di cuenta de que era mejor que cambiara de tema. Eso solía pasar con Ruth. Ella decretaba temas intratables y todos debíamos obedecer.

Recuerdo que una vez mi tía le regaló un perro terrier; el pobre perro vivió una vida de mucho sufrimiento, y cuando la gente le decía a Ruth que el animal estaba desnutrido y enfermo, ella se encolerizaba. Un día decretó la muerte de ese tema de conversación; absolutamente y para siempre nadie pudo hablar sobre el perro, ni siquiera nombrarlo. Al poco tiempo la realidad insolente decretó la muerte del animal del cual no podía hablarse.

¿Usted cree en la posesión de los espíritus? Si creyera por un momento le diría que piense en un experimento en el que hubiesen inoculado el espíritu de Napoleón Bonaparte en el cuerpo de una mujer demente. El mismo «don de mando» de Bonaparte contrahecho muestra mi hermana Ruth.

Debía buscar disminuir el efecto que causó en ella el haberle preguntado por el cuadro; aproveché entonces para preguntarle qué sabía de la película que filmarían en Macuto y del permiso que habían solicitado para filmar en nuestro patio. Para promover su interés, le dije que a mí me parecía una ridiculez. Me dijo que todo el mundo estaba enterado de ese nuevo capricho de la familia presidencial, que habían llegado unos artistas de España y de Francia que se hospedaban en el hotel. Le pregunté si sabía quién más se hospedaba allí. Por ella confirmé que estaban las nietas de Carlota y las hijas de la nieta difunta, quienes acababan de llegar de Biarritz hacía poco tiempo. Habían venido para conocer el hotel y acompañar a Mercedes de Burguera, quien se encargaba personalmente de algunas cosas antes de vender la casa. Eso dijo Ruth: «vender la casa». Sentí una pérdida.

Las pérdidas se sienten como si a uno le cortaran las alas, aun cuando uno no sabe que las tiene. Solo existen segundos antes de perderlas. Poco a poco todo iba desapareciendo. Lamenté que la casa de Carlota, la «Casa de Arena», dejara de pertenecer a la familia. Para mí simplemente iba a desintegrarse. Estaba acostumbrada a que las cosas importantes se desintegraran frente a mí.

Ruth siguió hablando sin parar. También me dijo que habría una cena en honor al aviador estadounidense la noche siguiente y que asistiría el general Monteverde. Eso me alarmó: el presidente vendría al hotel. Me dije inmediatamente: *Van a asesinar al general Monteverde y pretenden hacerlo en el hotel.*

¿Tendría eso que ver con la muerte del hombre de la playa? Instintivamente volteé la cabeza. Otra vez volví a tener la sensación de que alguien me seguía y me preocupé porque sentía que estaba atravesando la calma antes de una terrible tormenta. Nos sorprendió en el camino un muchacho muy joven que llevaba una carreta llena de flores que traía de la montaña y que bajaría al pueblo. Me gustó su cara. Amablemente me saludó. Recuerdo sus ojos. Me distraje por unos instantes y me olvidé de Ruth.

Continuamos caminando, pero mi hermana quiso que entráramos a la iglesia antes de llegar al hotel y no pude decir que no. Realmente una parte de mí sabía que tenía que hacerlo. Desde la muerte de Raúl me prometí no volver, pero ya era tiempo de fallar a mis propios dogmas porque son los dogmas los que nos mantienen pegados al suelo y nos convierten a todos en alacranes, sin excepción. Así que entré con ella. Le dije que la esperaría en un banco en la parte posterior. Me miró con reprobación, pero continuó andando, como absorbida por el lugar. La forma de Ruth de entender la religión siempre nos ha separado. Todos llevamos una religión invisible adentro, pero mi religión es muy diferente a la de ella. Yo también soy una mujer religiosa.

No me mire de esa forma, porque no he dicho nada incorrecto y noto un brillo de incredulidad en su mirada. Vengo de una historia de locura y de una ruta personal que me ha hecho cada vez más radical y, por lo tanto, transito una vía de vuelta hacia la religión. Solo me ponen a pensar los asuntos existenciales.

¿Qué lo pone a pensar a usted? ¿O usted de verdad pensaba que yo no creía en Dios? Solo que mi Dios es diferente al Dios extendido por aquí.

Allí, en la casa de ese Dios extendido que es el Dios de Ruth, me quedé esperando bajo la mirada vidriosa de San Bartolomé, que no me es del todo desagradable. Lo que sí me desagrada es esperar. La paciencia es una virtud que para mí tiene un carácter dudoso. Me concentré en el piso y el reclinatorio caoba. Me expliqué a mí misma ese reclinatorio como una superficie muy dura que ha recibido miles de rodillas vencidas, e intuyo que por esa explicación comencé a sentirme desconsolada. Mi energía se estaba escapando por alguna parte, hasta comenzó a dolerme el golpe que había recibido horas antes. El Dios de Ruth me ponía de mal humor.

¿De verdad todo esto vale la pena? ¿No estarías mejor dormida?, preguntó una de mis voces.

Ya he dormido suficiente, respondí.

Eché un vistazo al salón lateral de la iglesia y de pronto lo vi. Vi el cuadro. No era el mismo del sueño, pero sí estaba en el mismo sitio donde estaba el San Miguel Arcángel de mi pesadilla. Algo me hizo levantarme para llegar hasta él. En ese mismo lugar, frente al cuadro, era donde Raúl y yo nos sentábamos a conversar. A Ruth no le gustaba vernos haciéndolo. La gente suponía que yo me estaba confesando cuando hablaba con él, pero, realmente, no lo hacía porque nunca he entendido ese sacramento. A decir verdad, me espanta. Recuerdo cuando me confesé por primera vez siendo una niña; hasta inventé un pecado porque me sentía culpable de no tener ninguno. Hay cosas de mi pasado que no debería recordar...

Lo cierto es que caminé como una sonámbula hasta el lugar donde estaba el cuadro: fui de manera indetenible pero aletargada a la vez. *Revisa detrás de él. Revisa detrás*, me dije. Y eso hice.

En la iglesia no había nadie aún. Ruth estaba adelante, perdida entre los velones. Metí mi mano detrás, en la esquina inferior derecha. Me costaba moverlo y de hecho no pude hacerlo, era muy pesado. Deslicé mi mano por detrás del cuadro; no sentía nada, mi esperanza se perdía. Tampoco sabía por qué estaba haciendo eso. Solo recordaba mi sueño. Algo se había desprendido del cuadro en esa pesadilla.

Mi mano siguió deslizándose por detrás hasta la esquina izquierda y me topé de frente con la representación del diablo. Entre la pared y la cara posterior del marco, en el borde, había un espacio que no estaba vacío. Entre telarañas que me parecieron húmedas, frías, resistentes y asquerosas, había algo. Un sobre, o podía ser cualquier cosa.

¿De dónde sacas que es algo importante? Eres una niña ingenua, pensé.

Podría ser algo importante, podría ser, me respondí.

Lo saqué con dificultad. Un alambre me hizo una fina, segmentada y casi invisible raspadura. Una raspadura que se quedó en mi piel. De pronto escuché unos pasos y moví la cabeza pensando que debía verme bien si lograba llegar al reclinatorio y me arrodillaba. Que debía verme convincente. Era solo una mujer entrando en la iglesia. Vi de reojo la silueta tenebrosa de Ruth vestida como un fantoche. Me estaba buscando, ahora fortalecida en sus prejuicios, como un animal acabado de alimentarse de carne ennegrecida buscando más. Parecía un zamuro al acecho. Algunas personas, no digo que todas, se convierten en zamuros cuando salen de las iglesias.

Arrugué el sobre en mi mano, lo aprisioné dentro del puño y lo guardé debajo de la manga del vestido. ¿Lo ve? Aquí mismo. Allí estaría bien sujeto. Agradecí a mi Dios cómplice por haberme puesto este vestido con estas mangas. *Nunca lo verás, nunca verás el sobre. No podrás quitarme esto,* le dije desde mi interior a Ruth. Ella me vio, llegó hasta donde estaba, pero no notó nada raro. Mi mano estaba sucia por el contacto con esa superficie empolvada y podrida; el solo recuerdo de esa suciedad hace que mi cuerpo se estremezca otra vez, como le dije que lo hago cuando veo animales muertos. Los huevos de las arañas me causan mucha repulsión y mi mano arrastró un número infinito de ellos. Pero la bondadosa, desprendida y bendita realidad me había regalado una esperanza envuelta en papel. En una dictadura la esperanza casi siempre viene envuelta en papel.

Necesitaba ver el contenido de ese sobre.

Dile que debes volver a la casa, que te sientes mal, me dije a mí misma.

No puedo hacer eso, me respondí. Tendría que esperar.

—¿Qué te pasó en la mano, Inda? La tienes inmunda, ¿te caíste? —dijo Ruth.

—No. Esta iglesia no la limpian —le dije—. Algo empolvado debió haberme rozado. Se me cayó la cartera debajo del reclinatorio.

—Es cierto. Todo está muy deteriorado. Siempre lo he dicho. Todo antes era mejor.

Eso piensa Ruth. Que el pasado es mejor, aunque supongo que se refiere al pasado de atrocidades sangrientas y campantes. El pasado incluso puede ser peor que el presente que ya es bastante malo. No sabía qué decir, debía notarse mi estado de perturbación. Aunque Ruth vive en su propio mundo, algunas veces nota cosas, como si tuviera un sexto sentido para lo que la afecta. Salimos de allí. La claridad me recibió dándome ánimo y nos fuimos camino a la entrada del hotel. Ese camino podía recorrerse en unos minutos andando despacio, pero para mí fueron años. Algo no me dejaba respirar. Debía mantener mi compostura y no permitir que mi simulación tuviera ninguna fisura.

En ese momento no sabía qué deseaba más, si descubrir a la asesina o abrir el sobre que acababa de encontrar. Dos fuerzas demoledoras dentro de mí y dos caras de la misma moneda. Esa carta era de Raúl, cada vez me convencía más.

No lo es, no seas ingenua. Siempre estás esperando un desenlace imposible, me decía a la vez a mí misma. Raúl y yo conversamos una vez sobre la costumbre católica de poner mensajes tras los santos; mensajes con peticiones y agradecimientos. Es una costumbre que encubre la elemental y primitiva creencia de que las ideas deben tomar forma material para poder existir. Y dijimos que ese sería un excelente escondite porque había un consenso general en no mirar detrás de los cuadros los escritos de los demás. Nadie imaginaría que los cuadros podían ser puentes de comunicación entre los vivos. La gente no tiene imaginación.

Recordé la cara intrigante de Raúl, sus ojos negrísimos y su piel morena. Recordé sus labios abriéndose y dibujando una sonrisa larga: «Si alguna vez quiero esconder algo lo pondría a la vista de todos y de espaldas al juicio final». Tenía que ser eso, ese era el oscuro cuadro colonial del juicio final. A eso se refería.

Para abrir el sobre tendría que esperar a estar sola, por lo cual debía ser capaz de posponer esa sed esencial que se había desatado dentro de mí. Debía mantener el plan original de llegar al hotel y encontrarme con ellas, con las familiares de Carlota. Con solo verlas no iba a lograr nada; debía hablarles, estudiarlas, descubrirlas. Ahora tenía más fuerza que nunca.

XIV

Llegamos al hotel. Pensé que no sería capaz de hacerlo. Entramos por la cancela lateral. El herraje hirviente tuvo que ceder ante mi insensible mano cuando moví el seguro para abrir la puerta. Mi emoción era un ansiado contraste frente a la calmosa vida que transpiraba la mañana en Macuto. El antídoto gélido al matutino letargo de esa iglesia que acabábamos de dejar; la iglesia de Ruth.

Comenzamos a andar por el sendero de tierra que se abría entre los arbustos. Escuchaba los latidos de mi corazón, aún apresurados, en un primer plano, y en segundo plano los pájaros acompañando a los rayos de sol, esta vez deshonrados por la derrota de no poder derretir mi emoción. Continuamos caminando y mi mente se convirtió en un remolino. Ruth se detuvo un momento y desprendió con delicadeza teatral un ramito de «lágrima de Cristo» que florecía apoyada sobre unos troncos, justo antes de la bifurcación del camino que se abría hacia la playa.

¡Cuán impertinente podía ser Ruth! Sus pausas y sus intereses podían llegar a ser absurdos, pensé en ese momento. *Seguramente colocará el ramo de florecitas en el medio de la mesa redonda junto a la base del toldo*, me dije. Y efectivamente eso hizo.

Llegamos a la terraza descubierta y nos sentamos junto a una mesa desde donde se veía la piscina y detrás el mar. Allí estaban mis fieles islas. Haciendo un comentario sobre el claro horizonte logré distraer a Ruth y guardé el sobre en mi cartera. En cuanto pudiera lo leería. Si era cierto lo que me imaginaba, era posible que ese sobre tuviera ocho años allí dentro, acompañado de bichos muertos, silentes. La letra de Raúl durmiendo el sueño de los justos hasta que amaneciera mi juicio... ¿Qué me había hecho buscar allí detrás? ¿Por qué allí? ¿Los muertos estarían diciéndome cosas? La única explicación plausible que me di fue la del sueño que había tenido. ¿Sería mi pesadilla una señal reveladora para mí misma?

Esos eran mis pensamientos cuando experimenté un sobresalto por la aparición repentina de un joven del servicio del hotel. Le pedí dos cafés negros. Me miró con extrañeza. ¿Vería algo extraño en mi apariencia? Ruth pidió un desayuno francés. Yo no podía comer nada; sin embargo, para no verme sospechosa pedí lo mismo que ella. El joven se llevó la orden, creo que estaba recién llegado y era evidente su inseguridad. El ambiente era agradable, ya no hacía calor. Se escuchaba levemente al fondo un jazz y de alguna otra parte llegaba un olor a guiso de pollo. Podían ser polvorosas. Olía muy bien.

Clavé la mirada en el mar. Le pedí a Dios que ese sobre fuera la despedida y contuviera una explicación. La explicación de por qué todo terminó como terminó. El mar me entendía mucho más que la gente y me consoló con su belleza. También le pedí que yo tuviese la suficiente habilidad para encontrar a esa mujer y acabar con ella. No podía hacer nada más en ese momento que no fuese seguir conversando con Ruth y mantener la atención centrada en la llegada de Mercedes y Consuelo de la Plaza Fugger, y en las otras dos. Ruth me había dicho que también estaban en el hotel. ¿Las reconocería al verlas? Si no, para eso estaba ella.

Nos trajeron la comida y el café. Ruth la devoraba ensimismada como un animal encerrado y maltratado, como un perro cuando toma los huesos y se los lleva fuera de la mirada de los demás. Me han dicho que cuando la gente enloquece se le nota por los cambios en sus hábitos; el del sueño y el alimenticio. Sentí una tristeza desbordante. ¿Qué sentido tenía vivir así, como ella había vivido?

La terraza se empezaba a llenar de gente, pero ya yo no les temía, no era necesario. Era desconocida para todos; una habitante de otro planeta o de otra profundidad, de un medio más líquido, menos seguro y sin casi ninguna certeza. Me sentí como una observadora de una especie que no era la mía, pero realmente lo era.

Allí arriba, frente al mar, había gente que solo quería vérselas con la calma, aunque eso significara mirar para otro lado. Allá abajo había exilio, cárcel, grilletes, peste; pero nosotros desde allí, donde estábamos, solo veíamos una elegante playa. Todos éramos gente con medios de fortuna, o al menos lo aparentábamos. Así la calma seguía funcionando, aunque en realidad llevara tiempo desaparecida.

Le pedí a Ruth que me dijese quiénes eran los que nos acompañaban en esta terraza difusa que había inventado un simulacro de país. Sabía que a ella el papel de presentadora le fascinaba: comenzó a identificar a los ocupantes de las mesas. Los conocía a casi todos.

Su primera mención fue acerca de la prima de Carlos Gardel que vivía en Caracas. Luego aparecieron militares, médicos, algunos ingenieros y sus esposas, hijos, hijas, yernos. Ruth sabía incluso hasta los lugares de residencia de algunos de ellos. Lo sabía todo, conocía de cabo a rabo el sistema biológico que se presentaba ante nuestros ojos y su organización simbólica. Era una verdadera etnógrafa.

Pero yo, contaminada por la tipología social que se había inventado Carlota, también hice mi propia clasificación. Allí había gente que descansaba en la culpa, había hombres armados que creían en la guerra, hombres y mujeres educados que pertenecían a sectas. Y seguramente había gente intentando escapar hacia el único cuadrante de vida que se salvaba en este país de muerte. Gente que parecía inofensiva y convencida pero que en la oscuridad conspiraba para cambiar la naturaleza de las cosas. Gente que dibujaba esa trayectoria en la oscuridad de la que le hablé. Gente como usted.

Pasé muchas horas escuchando a Carlota, la mejor versión de Carlota. La que reflexionaba sobre su pasado y las redes tejidas por la sociedad que ella conocía, a la que pertenecía más que ninguno de nosotros. Por eso quizás Carlota en mi sueño dijo: «Yo también he sido un monstruo». Usted también lo ha sido y lo sabe. Lo que pasa es que cambió su rumbo, expió sus culpas, transformó su naturaleza. Y el *anima mundi* no lo tapió del todo y logró escaparse. Puede que Hilarión, el hijo más querido de Carlota, tuviese que ver con eso. Uno a veces le debe a alguien ese escape y creo que para usted él fue un buen tutor. Carlota también fue una tutora milagrosa para mí. Y el hombre de la playa ha sido el último milagro, en mi caso. A él le debo muchas cosas.

Mi papel de vengadora me gusta mucho más que el de vencida. Los vengadores imaginan, luchan batallas definitivas, se enfrentan a juicios finales. Ahora comprenderá por qué guardo con tanto celo este medallón; él representa el color de mi alma. Cuando Carlota me conoció yo era como el mar. Ella me ubicó en el cuadrante de la vida, tuvo la amabilidad de comprenderme y fue la primera persona que creyó en mí. A decir verdad, fue la segunda, porque la primera fue Raúl.

¿Lo estoy aburriendo? Discúlpeme si lo hago. Con usted siento lo mismo que sentía con Carlota, que debo aprovechar este momento. Usted debe aprovecharme a mí también porque yo he conocido profundidades que usted no ha podido descubrir, hasta ahora... No crea que no me he asombrado de mi serenidad en estos días. En esa terraza estaba consumiéndome por mirar el sobre que saqué del cuadro. Pero no podía hacerlo frente a Ruth. Entonces logré sobrevivir a esa postergación de forma ejemplar.

¡Cuánto puede cambiar uno de un día para otro! Me refiero a mí misma. Yo fui una joven promesa y después fui una vieja ruina, hasta hace pocas horas. Ahora volvía a ser alguien con sentido, con un propósito definido.

La terraza se seguía llenando de gente. El murmullo de esas voces me recordó el zumbido de las abejas tras los cristales púrpuras y rojos de mi sueño. Siempre allí, abajo, amontonadas, repulsivas. La mayoría debajo de la línea de la autonomía y de la imaginación. Desprovistas de particularidades y enfermas de colectivismos equivocados. Esa terraza estaba llena de insectos que, en lugar de zumbar, hablaban.

En la mesa de al lado vi a una niña sentada junto a su mamá, con un gran lazo azul en la cabeza, y otra niña más pequeña dando vueltas alrededor de la mesa, vigilada por su padre. La del lazo debía ser la hermana mayor...

Y todo volvía a repetirse. Una rueda que nunca paraba. ¿Cuándo se callarían las voces fraudulentas que prometían cosas que nunca cumplirían? Hablaban de tener poder si se seguían las reglas, pero ellos siempre se repartían ese poder, siempre los mismos, sobre todo los hombres violentos que se sentían sagrados.

La niña más pequeña miraba el mar. Pude haber sido como ella, creo que aún lo soy. Por eso Carlota decía que todos éramos «tipos». Después de todo, no éramos tan infinitos como creíamos.

Empezó a embargarme una sensación de urgencia. ¿Qué hacía yo allí sentada mirando a la gente en lugar de buscar a la responsable de muertes que yo debía vengar?

XV

Había en una mesa cercana una mujer mirando hacia el mar y a una muchacha que se bañaba en la playa. Se veía perturbada. Llevaba un libro con ella.

La puerta batiente de la terraza que comunicaba con la parte interior del local se abrió. Lo reconocí: era uno de los hombres del general Monteverde, el general Arráiz. No recuerdo nada más. Siento que perdí algunos minutos de memoria. Quizás me afectó ver y reconocer a ese sujeto uniformado y armado; detesto con todo mi corazón las armas. Cuando volví en mí misma, ella estaba allí: Mercedes de la Plaza, viuda de Leandro Burguera. Era altísima y delgada, se parecía a su abuela. Estaba junto a la muchacha del libro, que luego supe era Dolores.

Mercedes me saludó cuando vio que la miraba. Solo se fijó en mí e ignoró a Ruth. Debía saber que Ruth había contribuido a regar los rumores sobre las creencias extrañas de Carlota. También sabría que yo la había querido como a nadie. En ese momento se le acercó a saludarla una mujer que yo conocía. Era brillante, gorda, y estaba excesivamente maquillada: Milagros del Socorro Moreta. Era un ser humano infeccioso. La recuerdo porque una vez maltrató a un *garçon* en el restaurant del Hotel Klindt, en Caracas.

A mamá le gustaba el pargo en salsa de camarones de Sévérac que servían en ese lugar y por eso íbamos algunas veces. Yo era una niña, pero lo recuerdo. El muchacho del servicio, sin experiencia, iba a completar la copa de vino de la señora Moreta y ella reaccionó como un alcaraván, con un movimiento brusco y una algarabía insoportable. El mesonero estaba aterrado y yo también. La crueldad es para mí el acto humano más innecesario e inexplicable que existe, sobre todo cuando la usamos como una muestra de distinción. Igual que ponerle salsa a un fresco y blanco pargo de esta costa.

Cuando crecí supe que esa infernal mujer se autoproclamaba como una escritora brillante y que estaba casada con un hombre de armas. No podía ser diferente. Las personas como ella son personas cuya insignificancia personal radica en la imposibilidad de tener vínculos con los demás, porque los reflejos no se vinculan. Son gente vacía y difusa que nunca sabe a dónde mirar y entonces son piezas perfectas en las comunidades autoritarias. Le digo esto porque creo que ese tipo de banalidad será muy popular en estas tierras donde el pasado se comunica con el futuro por un atajo y no mediante el placer que da el pensamiento. Se llenarán de cosas y no sabrán reconocer el valor de nada; vivirán copiando la trayectoria de los otros. Usted va a sobrevivirme sin duda y debe saber enfrentarse a los nuevos monstruos que vendrán a esta playa.

Mercedes, en cambio, parecía ser una mujer simpática. Se veía complacida. ¿Sería Mercedes la nieta más querida de Carlota, quien había brindado información al Gobierno? ¿O sería su esposo? Él tenía negocios con el General, eso lo recordaba. Unos negocios relacionados con una maderera y con la industria naviera.

Le pregunté a Ruth si Mercedes no tenía un nuevo pretendiente. Me dijo no saber nada de eso. Solo sabía que últimamente se la veía mucho por aquí y que repentinamente habían decidido vender la casa, y ella era la encargada de esos asuntos. Me quedé pensativa, Mercedes debía esconder algo. Se veía como una mujer capaz de hacerlo, de disimular lo que fuera. Era inteligente. ¿De qué color estaría teñida su alma? ¿Debía yo destruir a la arreglada y decidida Mercedes de la Plaza?

Al cabo de un momento llegó la hermana mayor, la señorita Consuelo Elena. Se sentó junto a su hermana, llamó con displicencia al muchacho del servicio y pidió un desayuno americano con una voz sumamente chillona, tanto, que desde nuestra mesa la escuchamos claramente. Llevaba una pesada medalla que podía tumbarla hacia adelante en cualquier momento. Ver a esas dos mujeres juntas y saber que eran hermanas formaba parte del sinsentido social en el cual nos encontramos. Lo mismo pensarían cuando nos veían a Ruth y a mí o cuando veían a Carlota con su hermana Lastenia. Carlota me había hablado de eso, de lo diferentes que eran.

Ruth estaba disfrutando. Noté que estaba acostumbrada a escuchar conversaciones ajenas sin ningún escrúpulo. Al menos yo lo hacía con un objetivo; a ella le causaba placer. Seguramente esperaba escuchar algo escandaloso. Mi hermana era morbosa, en ese momento me convencí. Pero esas mujeres hablaban de cosas normales. Ningún escándalo podía traslucirse de sus palabras. Escuché que conversaban sobre la cena de esa noche. Decían que las acompañarían Alejandro del Toro, Juan Francisco Baldó, Pedro Santana y Atilio Marcadet.

Si yo hubiese podido escoger el objeto de mi venganza, evidentemente hubiese escogido a Consuelo. Las personas como ella siempre me desagradaron. Pero aquí no importaba mi agrado o desagrado.

En ese momento una jovencita que había regresado de la playa se sentó junto a la muchacha que la había estado mirando con preocupación. Esa debía ser la bisnieta más joven de Carlota, la que llamaban Margarita. Finalmente, se acercó una joven insípida y malhumorada. Cualquiera hubiese supuesto, si es que debía existir un mínimo de coherencia en la vida, que esta última tenía que ser hija de Consuelo. Pero no lo era, era hija de Mercedes. Consuelo no se había casado. ¿Qué sentirá Mercedes al respecto? Me quedé con esa duda.

Le pregunté a Ruth quién era la que acababa de llegar. Era efectivamente Eugenia, hija de Mercedes y de Leandro Burguera, la única hija que tuvieron. Era una muchacha malcriada, eso se veía a todas luces. La gente así está destinada al rechazo constante. Sería bueno observarla mejor. Esa infelicidad podía haberla empujado a hacerle daño a su propia familia. A hacerle daño a cualquiera.

La imagen de las hermanas Dolores y Margarita era atractiva. Se hacía evidente la armonía entre ambas. Dolores hablaba con su hermana de forma franca y cercana. La pequeña admiraba a su hermana mayor, porque seguramente solo se tenían la una a la otra. Primero había muerto su madre y luego, hacía poco tiempo, su padre, según me comentaba Ruth.

Allí estaban las cinco mujeres. Con excepción de Margarita, porque era muy niña, una debía ser quien yo buscaba. Pieza consciente de La Herradura o tonta útil. Mortal, de una u otra manera. Raúl, primero vivo y luego muerto, quería detenerla. Raúl y el hombre de la playa, no podía olvidarme de él...

Ruth había terminado de comer; yo apenas probé mi plato. Y entonces pasó algo.

Vi a un hombre que miraba con atención la misma mesa que yo estaba mirando. Él estaba cerca de la puerta que conducía al interior del hotel y la luz no me dejaba detallarlo bien, además de la distancia que nos separaba. Algunas veces el brillo del sol produce el mismo efecto que la oscuridad más absoluta. Los extremos se tocan.

Ruth me dijo que quería pasar por la casa de Isabel Berroterán. Me extrañó que esa mujer aún viviera. Le dije que yo prefería caminar un poco o quedarme un rato en el hotel, si ella no tenía inconveniente. Hay gente a la que hay que hacerle creer que forma parte de las decisiones que ya están tomadas. Pero, ¿por qué le digo eso? Usted es un hombre agradable. Sabe que es así. Los hombres desagradables procuran el efecto contrario y es que uno note que solo ellos toman las decisiones.

Mi hermana se fue. Yo me quedé sentada y seguía incómoda frente al acecho del hombre que continuaba mirando la mesa en forma insistente. Mi mesa estaba justo detrás de la de ellas.

Entonces comprendí que no estaba mirando la mesa de ellas, sino la mía. Hizo un ademán, tocó su sombrero y me saludó. Debía saber quién era él.

La incomodidad era tal que no me percaté de que ya podía mirar el sobre de Raúl porque ahora estaba sola. Puede que en el fondo no estuviera segura de querer mirarlo y darme cuenta de que era cualquier otra cosa irrelevante como un escrito de algún creyente. Pero —me decía a mí misma— a nadie se le ocurriría dejar una petición a la representación del Juicio Final, y menos pegada a la figura del diablo.

Decidí esperar un poco más. Al menos hasta caminar por el sendero. Allí podría esconderme en cualquier recodo de la montaña y abrirlo.

El hombre que me acechaba se sentó en una mesa más cercana. Comencé a asustarme. ¿Y si tenía algo que ver con la noche de la playa? ¿Me habría visto o era parte de la conspiración? ¿Era un vigilante de La Herradura o un asesino despiadado? ¿Era él quien me había atacado en compañía de la mujer?

Pensé que era mejor salir de dudas, ya no soportaba tal grado de incertidumbre. Me acercaría a él y le preguntaría por qué me miraba de esa forma tan anormal, tan abusiva.

Las De la Plaza seguían sentadas hablando. Ya tendría tiempo para volver a ellas. Llamé al muchacho que nos había atendido para pagar el servicio, lo hice y me levanté. Me despedí de Mercedes con la mirada, ella me miró de una forma indescriptible; parecía estar alertándome de algo. Consuelo me miró con una mirada basilisca llena de odio. La joven Margarita me sonrió. Dolores no levantó la mirada y Eugenia tampoco lo hizo.

Caminé en dirección hacia el hombre; mientras más me acercaba más comenzaba a detallar su rostro. El mismo no me era del todo desconocido. Allí estaba él, vestido con traje marrón oscuro y sombrero. Impávido. Parecía ni siquiera respirar. Estaba sentado frente a una taza humeante de café que acababa de traer el joven mesonero y de pronto me miró. Yo conocía esa cara. ¿Dónde la había visto antes? Estaba frente a un hombre viejo. Un hombre con apariencia de saber mucho, como si lo supiera todo de mí.

XVI

Entonces lo comprendí. Era Marcadet.

El reflejo del sol me estaba protegiendo para que no viera la cara envejecida del mal. No pude decirle nada, mi lengua se paralizó. Pero él sí me habló cuando pasé justo frente a él y se apoyó de un lado como una víbora a punto de atacar. Siempre había querido acabar conmigo, pero no lo había hecho por evitar el escándalo. Además, ya habían acabado con Raúl y con los otros y yo no era peligrosa porque sabía que me había vencido. Todavía recuerdo con repulsión su voz profunda y ronca, sus labios agrietados y sus dientes amarillentos producto del tabaco. Yo habría esperado un saludo, incluso un comentario burlón, cualquier cosa hiriente saliendo de su pestilente boca y de su aún más pestilente cerebro.

Sus palabras, como consecuencia terminal de una voz sacada del centro de la tierra, salieron como gusanos:

—*Cimiterium filiorum Dei.*

No podía ser. Estaba volviéndome loca. Su cara se nubló, vi sus ojos y su fea nariz moviéndose como dentro de un vaso de agua. Sentí una puntada en la sien, otra vez las alucinaciones: *Estás mal, Indalecia. No podrás con esto.* Me detuve y cerré los ojos.

Seguía bajo el ataque de ese hombre, de esa serpiente de mil cabezas y de mil vidas que veía cómo todos moríamos mientras él resultaba ser inmortal. Era como si el embajador de la maldad moderna se hubiese obsesionado conmigo. Abrí los ojos y miré hacia abajo y allí estaba el perro a sus pies. Esperé su ataque, pero no hizo nada y seguí de largo.

Tuve la impresión de que las otras personas que estaban sentadas en la terraza me miraban asombradas. Apuré el paso y crucé la puerta. Sentí que miles de ojos me observaban como si acabara de salir al escenario de un teatro repleto. Atravesé la sala cubierta del hotel lo más rápido que pude y salí por el otro lado. Me recibieron afuera una algarabía de pájaros desentonados. Algunos emitían sonidos casi feroces.

Decidí doblar a la izquierda y me dirigí al jardín inglés. Me senté en el banco sombreado junto a la fuente de los leones que muestran conchas marinas. Nunca había podido detallarlas como lo hice en ese momento. Ya le he dicho que cuando uno está alterado recuerda particularidades innecesarias. Prefería los jardines ingleses que los franceses... Las cosas demasiado ordenadas me asfixian. Desde arriba en la montaña se veía ese lugar. Un punto blanco en el medio de una mancha verde. Ese espacio era mío, aunque solo lo viese desde la montaña, junto a mi botella de ron. Desde allá decretaba que muchas cosas eran mías. Era también, por cierto, el banco de mi pesadilla. En realidad, aún conservo los binoculares de mi padre, los encontré en el cuarto malva un día después de su muerte y me los apropié. A través de ellos he mirado muchas cosas desde arriba.

Permanecí allí sentada. La ropa interior me ajustaba demasiado sobre las costillas, pero no recordaba habérmela puesto tan apretada. Me apretaba más de un lado que del otro. ¿Estaría convirtiéndome en un monstruo asimétrico? ¿Por qué Atilio Marcadet había pronunciado esas palabras? ¿Qué quería decirme? ¿Que sabía que algo se estaba planeando, que pensaba que yo estaba metida en eso, o era solo para recordarme aquella homilía que había desatado todas las fuerzas represivas de La Sagrada?

La gente como él nunca se detiene, recordé.

¡Ojalá se muriera!

¡No digas eso, mujer de Dios!, escuché la voz de mi madre. Volví a decirlo. Ojalá se ahogara, amaneciera como un pescado

hinchado una mañana y lo encontraran los pescadores. Nadie lo lamentaría, nadie. Solo su perro. ¿La gente que ha matado no merece la muerte? Claro que sí, me respondí.

Se apoderó de mí la desesperanza. Pensé que no era cierto lo que afirmaba Carlota en cuanto a que es la bondad la que se esconde bajo la supuesta maldad. Pensé que siempre había estado equivocada. La consideré una vieja ilusa. Era como si mi madre o alguien asustado hubiese ocupado mi pensamiento nuevamente; alguien desconfiado, vaciado. Seguía escuchando a los pájaros cada vez más cerca, como si estuvieran confabulándose para atacarme con picos afilados y sus frías garras.

Y en mi cabeza una voz casi inaudible me repetía: *¿Cómo está usted, señorita Gallardo?* Eran dos voces: la de Marcadet, salida del infierno mismo, y la mía, que salía del limbo. Allí me quedé, muriendo. Necesitaba un consuelo. Necesitaba creer que los malos no siempre ganan. Que la maldad era solo un reflejo y que no formaba parte de la conducción de mi vida. No podía ser que a estas alturas venciera en mi interior la misma muerte.

Recordé el sobre. Ahora sí debía mirarlo, o era nada o lo era todo. Abrí el broche de mi cartera; lo hice con tanta fuerza que me dolió la punta del dedo pulgar. Allí estaba, acompañando mi polvera y la barra de los labios. Lo abrí con manos sudorosas. Recuerdo que la cartera se cayó al piso y la barra de labios rodó hasta la tierra, para ir a detenerse junto a la pata de un león. No me importó, nada importaba.

Era su letra, la caligrafía de Raúl enmarañada y pequeña: *Querida Indalecia...*

XVII

Al final de nuestra conversación le mostraré esta carta. La tengo aquí conmigo, naturalmente. No se imagina cuánto la he cuidado y cómo se ha constituido en lo más importante en estas últimas horas. Antes de dejársela debo contarle algunas otras cosas para que usted pueda entenderme.

Estuve sentada en ese banco no sé cuántas horas, pienso que por lo menos fueron tres; algunas veces pierdo el sentido del tiempo. El cielo cambia su claridad muy rápido o muy lento, todo depende de lo que esté pasando en mi interior. Mi tiempo es algunas veces muy diferente al tiempo del reloj.

Lo primero que me inundó fue una sensación de sosiego. Como si luego de una sentencia injusta me hubiesen exonerado de todas las culpas y ya no tuviera ningún ánimo de revancha. Otra vez le daba la razón a la versión optimista. La vida no es corta; al contrario, es muy larga y no puede perderse en nada que no sea la inspiración, porque entonces se hace eterna. Y nadie quiere que un juego sea eterno. Eso lo supe desde mis juegos en la playa con aquel hijo de Ángel María, el pescador. Me gustaba estar con él, pero luego no nos vimos más. Creo que los ángeles están en nuestra memoria, se nos acercan cuando somos niños y sabemos que son ellos porque siempre los recordamos. Frecuentemente nos regalan cosas complejas envueltas en forma de cosas sencillas. Él me regalaba piedras blancas. Por eso todas las piedras blancas están marcadas para mí.

Lo revelado en la carta había confirmado todas mis sospechas; salí de mis dudas, reivindiqué mi buen juicio, pero, sobre todo, me había despedido de Raúl y él se había despedido de mí. Yo soy una persona que ha crecido a través de la duda. Hay dudas mínimas y hay dudas que lo incluyen todo. Cuando alguien significa para uno la diferencia entre la vida y la muerte, entonces la duda mayor es relativa a si significamos lo mismo para esa persona. La reciprocidad es el vínculo más antiguo que puedo imaginar. Incluso la imagino como la primera civilizadora, la primera maestra de la humanidad, la que nos da la libertad. Ni mi madre ni Ruth entendieron eso nunca, porque ellas creían que la desconfianza las hacía fuertes. Por el contrario, siempre parecieron ratones asustados.

La carta de Raúl me había hecho poderosa; las voces antipáticas en mi mente podían decir lo que quisieran, pero fueron vencidas. Esta era mi celebración personal en donde todo adquiría un nuevo sentido. De pronto me quedé mirando un espacio que parecía estar sobre la montaña pero que estaba más allá, en otra parte. Descubrí la eternidad. Ya había leído al respecto. Sabía que lo eterno no era lo que permanecerá sino lo que permanece. Ese momento era permanente, era la conquista de todo.

Incluso sentí lástima por la gente que me asustaba: por La Sagrada, por el ridículo general que gobernaba este país, por la gente como Marcadet, que solo se hacía acompañar de bestias sumisas, por los desarraigados como Juan Francisco y por todas las personas que me había descrito Carlota en aquellas tardes de conversación frente a la botella de Amphoux. Sentí lástima por las momias de Hauschild. Ahora era yo quien había sobrevivido, era la excursionista que entraba en las ruinas. Me había salvado, sin importar lo que sucediera de allí en adelante. Raúl también estaba vivo de alguna manera y seguía en el mar, victorioso.

Raúl me había revelado con su letra enmarañada quién era la delatora. Además, como le he dicho, mi intuición pocas veces se equivoca. Yo sabía que la razón había sido personal. Él se había dado cuenta de que ella no estaba bien, seguramente se lo había dicho, y su soberbia la había cegado. Utilizó a La Herradura y al propio Marcadet para acusarlo y develar su participación en las acciones contra esta tiranía. Sus motivos no eran políticos, pero se había aprovechado de la política podrida que nos inunda, de la que inventaron estos hombres violentos. Reafirmé mi convicción de que ella había matado al hombre de la playa.

Raúl me lo decía en la carta: «Si alguna vez alguien la rechaza es capaz de matar, estoy seguro», y ahora sería peor porque habían pasado ocho años y su soledad sería más delirante. Ella me observó desde lo alto de la terraza y yo sentí su locura, su poderosa locura. Soy capaz de entender que esa locura provenía de una soledad infinita.

San Miguel Arcángel había custodiado la verdad en mi sueño. Estaba convencida de que gracias a esa pesadilla tuve la intuición de buscar detrás del cuadro. Es que uno a veces sabe mucho más de lo que cree. En alguna parte de uno mismo, lo sabe todo.

Ahora el arcángel, con esa mirada azul fulminante, me pedía que aplastara su cabeza. Entre la conspiración en su forma simulada o radical y La Herradura y su gobierno asesino podrían acabarse los unos a los otros. Pero mi plan era acabar yo misma con esa mujer porque los efectos de un acto de crueldad —que son infinitos— deben detenerse. Esa era mi responsabilidad.

Pensé que, antes de acabar con ella, me gustaría confrontarla junto a Marcadet. Esperar a que estuviesen los dos juntos, en el hotel. Eso no sería difícil. *Ahora mismo podrían estarlo*, me dije.

La carta también dejaba claro que ella tenía una relación directa con el escritor. Podía volver a la terraza y buscarlos a ambos, pero, ¿qué iba a hacer para reunirlos? ¿Con qué excusa podría lograr que se sentaran conmigo y, si lo lograba, qué les diría? ¿Que yo sabía que ella era una asesina y una enferma? A Marcadet no podría hacerle nada, pues era intocable. Todos sabíamos que él era la muerte, pero su disfraz de civilización y legalidad era perfecto. Aun así quería verlos juntos. Quería ver cómo trata al diablo una mujer como ella, luego de haberle vendido su alma. Era algo que me debía a mí misma, una malsana curiosidad de mi parte.

Postergué el encuentro mortal para la cena en el Miramar, porque allí estarían todos los que debían estar. Sabía que mi hermana usaba un líquido que paralizaba a los organismos vivos; no sabía de dónde lo había sacado, pero la había visto usarlo con los animales. Tendría que buscarlo en casa.

Guardé la carta en el sobre arrugado y recogí mi cartera. Inspiré profundamente. Mis ojos grabaron la forma de las hojas y detrás el cielo. Los cerré. En mi mente aparecieron las letras escritas por

Raúl que acababa de leer. No me contuve y volví a sacar la carta; quise volver a leerla, hacer una segunda revisión como lo hacía con los libros. La segunda lectura es más reveladora que la primera.

Reconozco que mi primera lectura fue emocional. Pero después, al volver a leer la carta, sentí una profunda transformación, porque Raúl también revelaba quién era el Maestro, quién había continuado la conspiración sutil que había iniciado Carlota, quién había seguido repartiendo los cuentos, los libros, las ideas. Había sido una indiscreción de su parte revelarme todo por escrito. Ni siquiera Carlota se había atrevido a decírmelo.

Yo estaba segura de que La Herradura no sabía de esto. La conspiración continuaba con la estrategia simulada y eso me alegraba. Aunque su tendencia era pacifista, también era peligrosa. Es imposible amar la vida y no formar parte de una conspiración contra la muerte. Tarde o temprano hay que tomar partido. Fue cuando me di cuenta de mi verdadero papel, cuando tomé conciencia del centro de mi particular teodicea: yo debía ser una fiel guardiana para el Maestro y, solo cuando él estuviera a salvo, debía entonces acabar con ella. Si la mataba primero los ojos de todos se clavarían en mí. Podrían esta vez apresarme, torturarme. Estaba siendo vigilada; no podía olvidar que habían entrado a mi casa y a mi cuarto. Ella podía estar en comunicación permanente con La Herradura. Cuando decidiera matarla, yo también debía desaparecer, pero antes debía garantizar el secreto del Maestro.

Recordé que en la iglesia había escuchado unos pasos y vi a una mujer inmediatamente después que tomé el sobre. Ellos me estaban vigilando, no tenía duda de eso. Lo hacían desde la playa, aquella noche. No quería que nadie supiera que esa carta y su secreto estaban en mi poder. Aunque me hubiesen visto agarrar algo en la iglesia, no debían tener idea de su importancia. Ahora yo sería, sobre todo, la protectora de la vida de alguien más. No había podido salvar a Raúl ni tampoco al hombre de la playa, pero a esta persona sí podría salvarla.

Me levanté del banco, aún con la carta en la mano, cuando algo me detuvo. Una nueva sensación de pánico, una idea que me encandiló: ¿y si al salir del hotel, cuando tomara el camino para llegar a mi casa, efectivamente me detenían y yo cargaba la carta conmigo? Era posible. No debía tenerla sino que debía destruirla de una vez... allí en la fuente, hundirla hasta que el escrito se desapareciera.

Pero decidí no hacerlo. Ella era como mi mejor rasgo de humanidad. Entonces decidí esconderla detrás de las conchas de un león, porque nadie buscaría allí; ese jardín siempre estaba desierto. Creo que su impopularidad radicaba en que las matas construían una cueva vegetal. Allí nadie se veía y que no puedan verlo a uno en este país es una maldición. Mi banco y mi jardín, a pesar de pertenecer a ese hotel tan frecuentado, eran lugares ocultos. Escondí el sobre, lo enterré detrás de la concha que estaba más próxima al muro. Miré hacia la montaña y no vi a nadie.

Debía volver con Ruth al Miramar esa noche. Mi misión verdadera apenas comenzaba. Ese parecía haber sido el objetivo desde el principio y por eso no salí por la misma playa la noche del bulto inmóvil; por eso la corriente submarina me empujaba hacia él y la luna me lo mostraba. Por eso superé mi propia miseria. No había prometido venganza con el beso, había prometido protección para la gente como usted. Empezaba apenas a descubrir la parte auténtica de todo.

MIRAMAR

X. En el comedor

El comedor ya estaba preparado. Sobre las mesas se veían los coloridos adornos florales colocados en el centro. Frente a los platos, junto a las copas de cristal azulado, se encontraba impreso el menú. Era la noche del 28 de enero de 1928.

Los empleados del hotel revoloteaban llevando y trayendo jarras, botellas y piezas de la vajilla blanca grabada. A las siete y media en punto se abrieron las puertas y comenzaron a llegar los comensales.

Mercedes, llevando un vestido emplumado y ajustado —que hacía recordar a Mae West—, esperaba a los demás en la antesala del comedor. La primera en aparecer fue Eugenia, vestida de una manera inadecuada a los ojos de su madre. Venía acompañada por su prima Dolores, quien se había puesto un vestido verde y brillante, como intentando recobrar algo de la vitalidad que no sentía desde que había vuelto al país. Más atrás se veía a la radiante Margarita, vestida de color arena, bronce y azul pálido; parecía la ocupante de un lienzo inacabado de algún pintor paisajista. Caminaba en la misma dirección que su hermana y conversaba animadamente con Alejandro del Toro. Un poco más lejos aparecía Consuelo enfundada en su acostumbrado atuendo. Detrás de ella, caminaba despacio Pedro Santana. Parecía cansado.

Se juntaron todos al pie de la escalera y avanzaron hasta el comedor, donde se acomodaron alrededor de una mesa circular. Allí los aguardaba de pie Juan Francisco Baldó. Mercedes se sentó junto a Pedro Enrique. Al lado derecho de este se ubicó el arquitecto. A la derecha se sentó Eugenia. A su lado, Dolores, y, al lado de esta, su hermana Margarita. Luego se acomodó Alejandro y finalmente Consuelo. Sobraba una silla. La misma estaba reservada para el viejo escritor Atilio Marcadet.

La conversación del grupo inició apenas se acomodaron. La misma giró en torno al hallazgo de los excursionistas. Estos habían atravesado la montaña y se habían topado con los restos de una torre junto a una casa abandonada, al desviarse de la ruta establecida por el centro de excursión. Alejandro parecía entusiasmado con el tema, por lo cual alargó la explicación del descubrimiento, repitiendo las palabras de Olga Klindt, amiga suya y parte del grupo de exploradores.

El hallazgo de unas edificaciones en medio de la nada, ahogadas en la profusa vegetación del cerro, ya era en sí mismo una experiencia emocionante. Pero lo más importante era lo que se había encontrado allí dentro. Ocho cuerpos humanos en perfecto estado, embalsamados desde hacía por lo menos sesenta años. También se encontraron huesos regados y cuerpos embalsamados de perros, gatos y pájaros. La casa pertenecía al doctor alemán que la había habitado desde 1850 hasta 1900. Desde que los excursionistas volvieron de la montaña, se conoció el suceso como el descubrimiento de las momias de Hauschild y se puso en tela de juicio el que efectivamente ese doctor alemán, al cual la Universidad Central de Caracas le había reconocido su titulación, fuera médico egresado de la Universidad de Friburgo.

Se decía que, a pesar de que Hauschild hacía sus experimentos para embalsamar cadáveres con víctimas de la Guerra Federal (cadáveres que sacaba del hospital y que él mismo subía hasta su casa, montando a caballo), algunos hombres de peso político contrataron sus servicios. Muchas cosas comenzaron a decirse. Lo que llamaba la atención, para algunos de los comensales, era lo fácil que se podía engañar a la gente cuando había un océano de por medio. Podía llegar cualquiera con una buena apariencia diciendo que era médico, ingeniero o abogado y todos le creían. Realmente, debajo de las apariencias amparadas en los roles, el país era fácil de engañar.

Margarita escuchó con atención a Alejandro y comentó que le parecía escalofriante tener una casa llena de cuerpos muertos como si estuvieran vivos. Que más allá de si era o no un profesional de la medicina, algo no funcionaba bien en la cabeza de ese hombre.

—Lo relevante —comentó Francisco— es la genialidad de la invención de la fórmula química del líquido embalsamador, del cual, por cierto, no se conoce la receta exacta.

Mercedes afirmó que ese líquido misterioso era entonces como el Amargo de Angostura, el brebaje del doctor Siegert que nunca habían sabido replicar.

Eso lo dijo mirando a su sobrina mayor; lo hizo porque el abuelo paterno de Dolores y Margarita había sido representante del Amargo en la zona costera. Dolores no comentó nada, estaba distraída. Se fue agotando el tema de conversación, pero todos miraban a Consuelo. Esta debía sentir un inmenso rechazo a la infeliz idea de que se jugara con los cuerpos sin vida de seres humanos en lugar de darles cristiana sepultura. Consuelo terminaba su último bocado de asado y se dispuso a complacer a la audiencia que, en una espera morbosa, deseaba recrearse en el escándalo que le debía producir un hecho como ese. Se tomó su tiempo, se quitó los lentes y comenzó a hablar:

—Esta montaña ha sido testigo de una blasfemia —dijo—. La gente que se pone a jugar con la vida y el proceso natural de descomposición es instrumento del diablo. Y la prueba es que el señor Evaristo Sadel, el mismo que reclamaba el hecho de que las personas de fe guardaran la fiesta de los Santos, argumentando que eso era un acto de holgazanería, solicitó que este «doctor» lo embalsamara y que no se le enterrara. Son hombres que se creen dioses amparados en el conocimiento humano y, de la mano de su pobreza espiritual, se agrupan entre ellos en torno a su insolencia e incredulidad. No importa si son venezolanos, alemanes o africanos. La soberbia humana siempre alejará las almas de nuestro Señor.

Una vez dictaminada esta sentencia, Consuelo de la Plaza volvió a ponerse sus lentes.

XI. La ausencia

De allí en adelante el grupo mantuvo diferentes temas de conversación. Eugenia no dijo una palabra; parecía muy molesta por algo, se limitó a comer y a escuchar a los demás.

Dolores le hizo un comentario a su hermana con relación al menú colocado sobre la mesa. Un comentario sin sentido. El mismo no tuvo ningún efecto.

Alejandro llevaba rato mirando el cuadro colocado en la pared que tenían enfrente, el cual mostraba unos ángeles junto a una gran botella de *champagne* que estallaba, y no pudo dejar de comentar lo horrenda que le parecía esa creación desde la primera vez que la había visto, en su morada inicial, el Palacio Federal.

Margarita asintió, acotando que aún más horrenda era la ocurrencia de colocarlo en el comedor del hotel, en lugar de llenar las paredes del mismo con obras que reflejaran un tributo a la luz y el paisaje de Macuto, con las obras del pintor de la montaña, el que vivía como un ermitaño.

Consuelo no dejó pasar la oportunidad para manifestar su total desaprobación a colocar sobre el mismo lienzo querubines y licores, hecho que calificó como una impertinencia propia del general Palacios. Dolores supuso que Consuelo olvidaba que el general Palacios pertenecía a la familia de Alejandro. Pero no era así.

Mercedes de vez en cuando clavaba su mirada sobre el plato vacío.

Juan Francisco mantenía una conversación con Pedro Enrique. Algo relacionado con una fórmula matemática. Ambos demostraban interés por los números y las máquinas.

Una de las mujeres sentadas a la mesa se transportó repentinamente a un local en Nueva York, gracias al sabor a menta de la gelatina sobre la carne que les habían servido. Recordó un restaurant lleno de pipas en un gran estante. Recordó cómo se veía a ella misma sentada y sin vida, en contraste con la felicidad de la pareja que estaba en aquel lugar, a su lado. Luego, esa mujer silenció ese recuerdo, volvió al presente y continuó encubriendo sus pensamientos.

Así transcurrió la noche. Sin ningún tema central una vez que dejaron de hablar del asunto Hauschild. Una noche fragmentada, como un espejo roto. Era la muestra perfecta de una sociedad muda y rota a la cual solo el escándalo lograba armar a ratos.

Cuando los mesoneros servían el postre, se acercó el sobrino del general Monteverde. Saludó a Pedro Enrique, a Alejandro y a Juan Francisco, quienes se habían puesto de pie. También saludó a Mercedes y a Consuelo. Sin ningún interés saludó al resto del grupo, compuesto por el segmento femenino más joven. Luego se dirigió a la mesa que lo aguardaba justo al lado de ellos, pegada a la ventana del comedor, desde donde podían verse a lo lejos las casas de la costa. Esa mesa la ocupaban los actores del cortometraje; la mujer francesa una vez más acaparaba la atención del lugar.

Mercedes, luego de finalizar su taza de café, preguntó a Pedro si Atilio Marcadet no había quedado en cenar con ellos. Este asintió, sin darle importancia al hecho de que no había aparecido. Finalmente, nadie se preguntó por qué no lo había hecho. Su ausencia seguramente fue atribuida a algún quebranto de salud producto de su edad, o incluso a un viaje repentino a Caracas con el objeto de atender la llamada del presidente.

El grupo, el cual había sido objeto de la vigilancia de la señorita Gallardo, sentada en la mesa contigua, se levantó rápidamente, como si el acto teatral hubiese acabado. Todos salieron por la puerta lateral, la que daba a una escalera que culminaba en la terraza superior con vista a la playa. Desde esa terraza podía verse abajo al perro pastor alemán, acostado en el suelo junto a una silla vacía, esperando a su dueño. Podían oírse sus gemidos.

Pero su dueño nunca llegaría.

INDALECIA

XVIII

Tenía las manos llenas de sangre. Estaba despresando algo. Era lo que debía hacer.

Ya le he dicho que en los sueños uno no se explica mucho las cosas, solo las hace. Yo estaba en el patio trasero de mi casa. Allí había algunas mesas y todo tipo de objetos dispuestos para la labor que realizaba y que hacía con mucha destreza. Ruth, sentada cerca de mí, me miraba. Luego, lavé unas presas grandes, las puse en un caldero y amontoné los despojos en la tierra. Comencé a quemarlos viendo el fuego crecer. Sentía un olor nauseabundo y el humo se levantaba y se perdía. Ruth contaba en un gotero gotas de sangre que caían sobre una taza de café, y luego me la ofrecía.

Me desperté. Estaba sudada. Era tarde y debía arreglarme para ir con ella a la cena del Miramar. Desde que había vuelto del hotel, me había encerrado con llave en mi cuarto y a través de la puerta le dije a Ruth que iríamos a esa cena. Que no cocinara; se la pasaba cocinando. Luego, supongo, me quedé dormida.

Solo recuerdo esa parte del sueño. Ese sueño estaba mal. Quien debía hacer lo que yo hacía era Ruth. Me alarmó que lo hiciera yo. ¿Ahora sería Ruth quien soñaba por mí? Prefería ser mi madre que ella. Me levanté, me bañé y comencé a decidir qué ponerme. Por alguna razón quería verme bien. Allí habría mucha gente. Y no quería que se fijaran mucho en mí por mi inadecuada apariencia, con Ruth ya sería suficiente.

Estuvimos listas a las siete en punto.

Caminamos, esta vez por la calle, y entramos por la puerta principal del hotel. De nuevo volví a tener la sensación de ser observada de cerca, pero, a decir verdad, ya me estaba acostumbrando a ella. Le he dicho que uno se acostumbra a todo. Más temprano, luego de enterrar el sobre, al salir del hotel, no me sentí vigilada. Pero en ese momento había vuelto esa perturbación.

El Hotel Miramar es hermoso. No puede negarse. Un lugar claro y circular, con una elegancia discreta y sencilla, donde resalta la cúpula central y las dos torres a su lado. El techo es alto, sostenido por columnas adornadas teñidas de azul, verde y amarillo que parecen ser las hermanas artificiales de las palmeras que hay alrededor. Ventanales amplios, acompañando casi todas las paredes. Es de las edificaciones más claras y bellas que ha visto esta costa.

Entramos al comedor y me dije: *Allí está el Maestro, a salvo y riendo*. Me fijé en ella. Se comportaba como si nunca hubiese sido responsable de nada. Creo que de alguna manera nunca lo fue. Comencé a pensar que presentía que yo lo sabía. ¿Sería por la manera como la había mirado? De pronto comenzó a adoptar una forma extraña, pero yo no podía perder el foco, debía «cuidar al Maestro hasta que pudiera hablarle».

Ruth escuchó a los familiares de Carlota hablar de las momias de Hauschild y su rostro se transformó. Ese tema no le gustaba. Ya le he dicho lo que pasa con Ruth cuando un tema no le gusta. Tuve que calmarla. Toqué su mano. Estaba fría. La mía estaba hirviendo. Nos sirvieron la cena. Los platos y las copas eran los testigos de mi vigilancia.

El refinado diablo, Atilio Marcadet, no llegó. Quedó una silla vacía en la mesa de las De la Plaza: la que era para él. Finalmente, no pude verlos juntos. A la delatora y a Marcadet. En ese momento no sabía si todavía mantenían comunicación.

En la medida en que se desenvolvía la noche, me di cuenta de que no tendría oportunidad de hablarle. Estaba muy acompañado, como atrapado en una red; como un argiope. Siempre podría apartarlo con alguna excusa y llevarlo al jardín. Era un hombre educado y seguramente me prestaría atención.

Presentí cierto peligro si hacía eso porque nos podían seguir y me verían desenterrar la carta. Al menos no me había sentido acechada todo el tiempo y en casa me habían dejado tranquila. Había entrado como una tregua sospechosa. Pero eso podía cambiar. No sabía qué hacer. Pedí ayuda a los muertos, a los ángeles, a todos. A mis propios sueños. Hasta ahora mi descubrimiento fundamental había contado con ayuda de algún tipo. Y eso podría continuar.

Sé que usted con su mente tan racional es incapaz de creer algo así. Se sorprendería de cuánta gente instruida y racional cree en cosas mágicas en este país. Aquí creemos en todos los espíritus posibles, pero siempre los dotamos de características macabras. No tendría por qué ser así. Podrían estar interesados en la resolución de los problemas de nuestra forma de humanidad para restarnos soledades. Y no me refiero a personas que en vida conociéramos. ¿Por qué alguien sin conocernos no podría estar interesado en nuestro propio bien?

Me impuse a mí misma la siguiente regla: si volteaba a verme lo abordaría y lo sacaría de allí. Si no lo hacía, esperaría otra ocasión para hablarle, aunque tuviera que ser al día siguiente. Pedí a los espíritus que me ayudaran. Yo no tengo otra opción sino creer en ellos.

Usted no me miró en toda la noche.

Entonces lo encomendé a Dios. Creo que en ese momento registré una mirada que hice consciente el día después. Una mirada inesperada de una de las mujeres en esa mesa. Pensé en ir yo sola a la fuente por la carta, pero me pareció otro error. En la mañana lo haría. En la mañana debía terminarlo todo, y terminar con ella.

Ustedes se levantaron y salieron del comedor. Nosotras también lo hicimos. En ese momento me di cuenta de que dos hombres que habían estado sentados en la mesa cercana a la puerta del comedor se pararon y caminaron detrás de nosotras. Me dio miedo caminar por el sendero solitario de la montaña. Tuve la sensación de que la tregua que me habían dado se había acabado.

XIX

Tomamos el camino de la calle, el camino del pueblo. Era más seguro. Ruth sabía que me gustaba más el otro, pero no dijo nada. Estaba callada. Escuché unos pasos detrás de nosotras que simulaban nuestro ritmo. Sentí la garganta seca. Mis manos se enfriaron y comenzaron a sudar. Parecía haber llegado al final. Pero no era el final que yo había previsto.

Seguimos caminando. Yo hice como si nada estuviese pasando. Llegamos finalmente a la reja de la entrada de la casa; Ruth la abrió permaneciendo callada como lo había hecho en todo el camino. ¿Sospecharía algo? Miré hacia atrás y no vi a nadie.

Una vez dentro de la casa, mi hermana subió y yo me quedé en el salón. Quería estar segura de que en el patio no hubiese entrado ninguno de esos hombres. Los perros de Marcadet ladraban.

Finalmente subí a mi cuarto, cerré la puerta con llave. Pasé los seguros de las ventanas y de la puerta de la terraza y me acosté. No dormí nada, no pude hacerlo. Quería estar preparada frente a cualquier ataque. Había tomado las herramientas quirúrgicas que tenía Ruth guardadas. Ella no sabía que yo conocía su secreto... era un estuche grueso y antiguo. Adentro tenía instrumentos muy afilados para hacer disecciones. Estaban oxidados, pero aún eran peligrosos en extremo. Había también una especie de hacha de carnicero en el estuche, pero de menor tamaño.

Ruth debió haberse robado eso del Hospital San Juan. De algún depósito de ese lugar. Yo lo puse debajo de mi cama, abierto y al alcance de la mano. Apenas escuchara un sonido diferente a los ruidos naturales de la noche tomaría el instrumento más afilado, el que consideré más peligroso. Los objetos afilados y oxidados son aterradores, ¿no lo cree? Es este que tengo aquí conmigo. El que usted ha mirado en varias oportunidades porque cree que voy a hacerle algo con él.

En varios momentos de la noche pensé que lo mejor sería ir hasta su casa para protegerlo, pero no tenía las ideas muy claras. Ellos, para saber que usted es el Maestro, debían leer mi carta. Y la carta estaba en un lugar seguro. Quien estaba peligrando, en todo caso, era yo. Por eso la intuición me había hecho tomar todas las medidas extremas de seguridad en mi propia casa. En mi propio cuarto.

La ausencia de Marcadet me había descolocado. ¿Por qué no había asistido a la cena? ¿Dónde estaba? También podría ser que ella no tuviera ninguna sospecha, que los ruidos en la iglesia no significaran nada en realidad y que a mí nadie me estuviera persiguiendo. Y que incluso ella ya no tuviera conexión con La Herradura. Su relación pudo ser solo en la época de Raúl. Solo para sacarlo de en medio.

Las voces en mi interior estaban calladas. Parecían haberme abandonado. Uno deja de ser uno cuando no tiene a nadie con quien hablar, ¿no le parece? Alguno de los libros que leí también decía eso.

Así pasaron las horas. En silencio. Sentí que me había transformado en un animal nocturno, vigilante. Que había vuelto a algún estadio primitivo. No pensaba, ni soñaba. Solo miraba la ventana y la puerta alternativamente. Parecía que mi buena relación con la casa se había quebrado. Ahora era solo yo. Finalmente amaneció. Había logrado sobrevivir una noche más.

XX

Entró esa luz ártica a mi cuarto y este, una vez más, la transformó en la luz ensangrentada de la cueva. Ahora la cueva resguardaba a alguien diferente. Incluso diferente a la vengadora que había sido ayer.

Bajé a la primera planta. Todo estaba en orden. Preparé el café en la cocina. Lo tomé en la terraza del salón. Me sentí segura momentáneamente. Me reconcilié con mi casa. Es una casa imponente, tal como le he dicho. Ella y yo siempre supimos qué esperar la una de la otra. Ella nunca se hizo ilusiones en cuanto a mi espíritu hacendoso. Yo nunca me hice ilusiones en cuanto a ser su dueña. Pienso que la mayoría de las veces cuando creemos ser dueños de algo desatamos algunas de nuestras grises miserias.

Ruth me había dicho que usted desayunaba con regularidad en el Miramar. Decidí irme sola al hotel. Por el camino de abajo, el del pueblo. El mismo por el que habíamos vuelto en la noche. En el hotel, tendría tiempo de buscar la carta sin que me vieran, si lo hacía rápido. Parecían no seguirme tan de cerca cuando entraba a algún lugar. Lo de mi casa —me refiero al ataque— ni siquiera sabía si había sido real. En ese momento pensé que yo no era muy confiable como testigo.

Luego de encontrarlo a usted, la buscaría a ella y la mataría. ¿Lo haría realmente? Desde ese momento comencé a dudarlo.

Metí en mi cartera el instrumento filoso más pequeño del estuche de Ruth, envuelto en un pañuelo, y también la botellita con el líquido que ella utiliza con los animales que inmoviliza. Debía ir preparada. Pero no estaba convencida de que realmente debía matarla, quizás debí envenenarla antes. Una voz dentro de mí me hizo ver que me estaba arrepintiendo. Pero yo no quería arrepentirme. Después de todo no podía perdonarla. Porque ella seguiría haciendo daño. Ella no iba a detenerse. Nadie es inmune a la belleza, como decía Raúl, y la belleza puede resultar sumamente tentadora de una forma torcida para alguien como ella.

Usted no estaba en el comedor ni en la terraza hoy en la mañana. Comencé a preocuparme. Solo quiero aclararle, porque cada vez tengo menos tiempo, que cometí un error al juzgarla. Pensaba que lo había tenido todo para ser diferente. Eso no es tan cierto. Quiero decir que puede que no haya sido así. Uno no debe ser injusto con las personas, ni atribuirles condiciones que nunca existieron. Ella va a morir finalmente. Y creo que usted lo lamentará. Porque si algo ha estado siempre claro para mí es que usted es partidario de la vida. Créame que yo también lo soy. Le aseguro que después de conocer la muerte, a uno solo lo obsesiona la vida.

Continúo con la parte final de mi historia, no se desespere.

Espero que sepa disculparme por haber ocupado tanto de su tiempo. Realmente me hará falta verlo escuchándome. Y creo que algunas noches a usted le harán falta mis opiniones. Cuando se encuentre frente a esa etapa en la que solo se escuchan los grillos. Desde su casa seguramente no se escucha tanto el mar como desde la mía.

Mientras lo esperaba en el hotel oí unas voces. No las que hablan dentro de mí. Esas estaban bastante tímidas últimamente. Se habían ido callando porque ya lo iba comprendiendo todo.

Las voces reales externas decían:

—El conserje ha desaparecido.

—Nadie sabe nada de él.

—No se llevó sus cosas.

—Parece que ha tenido algo que ver con planes desestabilizadores contra el general Monteverde.

Eso lo decían dos hombres que estaban cerca de mí.

Entonces era él. Era el conserje, el hombre de la playa. Recordé incluso sin quererlo un extracto de la conversación de la noche anterior. Lo conveniente que era este país para engañar. Lo fácil que era decir que uno es alguien y ser otra persona...

¿Por qué un conserje iba a querer hacer algo contra un presidente? Porque no era un verdadero conserje. Una conspiración podía estarse fraguando frente al Gobierno del general Monteverde desde Europa. Pero no era en el seno de la conspiración que yo había conocido. Al menos no quería que lo fuera.

Necesitaba mirar el mar para poder pensar. Para pedirle consejo. Salí a la terraza. Pensé en el hombre de la playa. Cuando uno conoce algo y luego le da un nombre, se logra algo diferente. Por eso primero deberíamos conocer las cosas y luego nombrarlas. El hombre de la playa para mí siempre sería el hombre de la playa. Fuera o no conserje. Fuera o no conspirador. Él me sacó de mi letargo. Nadie podría quitarme eso. Él me invitó nuevamente a vivir. Y yo había aceptado la invitación. Hacía mucho tiempo que nadie me invitaba a nada.

Llegué al lugar que buscaba en la terraza. Donde estaban unas sillas desprovistas de toldo justo en el borde. Siempre me han gustado los bordes de las cosas. Como las ménades... pero las ménades podían cometer actos salvajes y excesivos. Más bien creo que son más como Ruth. Cuando mata los animales... Ruth tiene mucha fuerza física.

Viéndolo bien, nunca pensé estar en esa posición. Supongo que San Miguel Arcángel tampoco supo desde el principio que debía aplastar la cabeza del mal. Las cosas se van desarrollando sin que necesariamente uno pueda preverlas. Le hablo de San Miguel Arcángel a cada rato porque últimamente para mí es una figura inspiradora. Tiene autonomía, es poderoso. Y es valiente. Fundamentalmente los atributos que hacen falta en este momificado país. Atributos que eran muy necesarios para mí.

Escuché un revuelo cerca, voces. Las voces de las personas me disgustan. Son como accidentes. Prefiero los pájaros. No me gustaban los intrusos. Bueno, casi ninguno me gustaba. Algunas veces uno cree que algo inesperado no le gustará y termina aferrándose a eso en forma incomprensible.

Un hombre uniformado apareció frente a mí, interrumpiendo mi meditación. Un funcionario policial identificado.

—Señorita Gallardo —me dijo en tono grave—, debe abandonar este espacio. Hemos encontrado parte del cadáver de un hombre al pie de la montaña. Si es usted tan amable de entrar al hotel, se lo agradecería.

—¿El cadáver del conserje? —pregunté, sin poder recoger mis palabras.

No seas inepta. Eso le parecerá raro, dijo una de las oscuras voces que se habían silenciado después del hallazgo de la carta. Lo hice sin pensar. El policía me miró con expresión de asombro.

—No lo sabemos —respondió con la misma voz grave, cuando recuperó la templanza.

Luego me miró de una forma más extraña aún y desapareció.

Volví sobre mis pasos y entré en el salón. Tropecé con Eugenia en el umbral de la puerta. Le pedí disculpas. Ella fue muy amable, al contrario de lo que yo me hubiese imaginado, y por eso me atreví a decirle que debía quedarse dentro de la instalación. Le conté lo que el policía me había dicho.

Vi un brillo de placer en sus ojos; estoy segura de que no lo imaginé. Esas son cosas que no se imaginan. Ella es de esas personas que disfrutan cuando suceden cosas malas. Esas personas son capaces de creer que Dios o cualquier otra cosa las ha escogido para que sean testigos de las desgracias de los demás. Su alma, sin duda, estaba ensangrentada; de una forma diferente, pero lo estaba. Luego disimuló, pero creo que supo que la había descubierto.

—¡No puede ser, pero qué desastre! —exclamó, con un tono bastante artificial. Al menos para mí lo fue—. Ya le había dicho a mi tía que me sentía rara en este hotel. Que no me gustaba. Voy a buscar a mi mamá para informarle.

La vi dirigirse a los ascensores y me quedé parada sin saber a dónde ir. Tampoco podía quedarme allí sin hacer nada. No se vería bien.

Sabía que debía encontrarlo a usted y que debía matarla a ella. Me lo repetía incesantemente. Pero en mi interior, con una fuerza avasalladora, se empezaba a diluir la certeza de que debía cometer un asesinato. Aunque sea más fácil destruir, necesitaba construir algo. Contribuir por primera vez en algo que no tuviera que ver conmigo. Yo ya estaba rodeada de muerte, pero debía de una vez por todas creer en la vida en abstracto, en la vida futura.

En el medio de esas dos corrientes a las cuales enfrentaba, una forma de Eros y una de Tánatos, estaba ahora el hallazgo del cuerpo en la montaña. O de la parte del cuerpo. ¿El policía había dicho una parte? Sentí un escalofrío.

Algo, y no sabía qué, hizo aparecer en mi mente la idea de que no era posible que el cuerpo encontrado fuera del hombre de la playa. La descomposición hubiese producido un olor insoportable; estaba haciendo mucho calor. Además, ¿por qué lo buscarían y lo traerían hasta la montaña como un tributo? No. Debía tratarse de alguien más. De algo más reciente.

Claro, algunas veces algún animal muerto producía ese olor y nadie lo consideraba importante... En ese momento lo comprendí. Era eso lo que había visto: el perro de Marcadet detrás del ventanal. Estaba desorientado, en el mismo sitio donde lo había visto horas antes. Donde incluso lo vi en la noche. ¡No podía ser, el diablo no podía haber muerto!

Entonces había sido ella. Ella había matado a quien hasta ahora había sido su instrumento de destrucción. Eso fue lo primero que pensé. Pero también pudo ser alguien de la conspiración... Sin embargo, creo que preferirían matar a José María Vicente o al mismo General antes que al viejo decrépito.

Marcadet estaba muerto. Esa era la explicación. La única convincente explicación para que ese animal, siendo su amigo inseparable, estuviera solo. Y si lo había matado ella, entonces podía significar que por alguna razón ya no se encontraba de parte de ellos. Por alguna razón, dentro de su locura, había cambiado de bando.

Me senté en el *lobby* nuevamente. Ese era el mejor lugar para enterarme de algo más. La gente lo comentaba todo.

Pasó algún tiempo. Había niños corriendo de un lado a otro. Mujeres conversando, hombres saludándose de pie. Las flores en el jarrón central. La silla vacía del conserje. Lo imaginé allí sentado, con media cara desecha. No era recomendable que comenzara a imaginar esas cosas.

Miré al piso. Pedí ayuda al animal reptante que algunas veces me socorría. Me pareció extraño no ver más policías, todo estaba en total normalidad. La misma normalidad de las momias de Hauschild, inalterada.

Abrieron las puertas del comedor. Ya la gente se disponía a desayunar en forma tardía o a almorzar en forma temprana. Me sentía desubicada, como ese condenado animal. Como cuando todo el mundo tiene un papel designado y uno también, pero no lo recuerda. Es un tipo de soledad diferente. Me sentí pobre, menesterosa, como decía la esposa de Apascacio cuando miraba a la gente desde su reluciente carro francés. Recordé las caras de las mujeres en el retrato del gobernador Sutherland. Creo que es el único retrato que he visto de los miserables en este país. También me lo enseñó Carlota. Yo, de alguna manera, me sentí como una de ellas, de esas mujeres retratadas. Mi sensación de vacío debía ser la misma. Nos equivocamos cuando creemos que las emociones son infinitas. Son contadas y todos las sentimos igual. La forma como llegamos a ellas es lo que debe ser variado. Los menesterosos de doña Zoyla, las mujeres del retrato de Sutherland y yo debimos sentir la misma cosa. El mismo extravío. A mi juicio, los estudios antropológicos que se empeñan en hacernos particulares nos harán más daño que bien. Siempre que tengamos algo en común, tendremos por fuerza que entendernos.

Pensé que Ruth debía estarme extrañando. Creo que en el fondo Ruth siempre me había extrañado. Había extrañado ser como yo. Ella me miraba jugar en la playa, a la cueva, a los piratas. Como si en un principio hubiese podido ser como yo. Quizás lo fue. Esa mirada de Ruth. ¿Dónde había visto esa mirada hacía poco?

XXI

Decidí buscar la carta inmediatamente. Y que pasara lo que pasara.

En ese momento también tomé la determinación de no matarla. Si ella había asesinado a Marcadet, de alguna manera ella misma había arreglado algo de lo que había hecho en el pasado. Incluso ahora podría ser objeto de persecución. Para matar a Marcadet se necesitaba valor, no cabía duda. ¿Habría sido ella realmente? Es natural que los monstruos se devoren entre ellos cuando tienen hambre.

¿Sabe? Me siento cansada. Esa es la verdad. Ya quiero descansar. Usted no había aparecido. Y el desenlace se retrasaba. Ya no podía seguir posponiendo las cosas. Le entregaría la carta a usted. Y entonces podría descansar.

Veía gente traspasar la puerta de salida a la terraza sin que nadie la detuviera. Ya debían haber recogido el cadáver, pero resultaba inusual que no hubiesen vaciado el lugar. Sentía que la gente me miraba. Miraban mi vestido. ¿Estaría tan mal? No lo creo. Creo que incluso estaba bien.

Deja de pensar esas cosas, me dije. Estuve de acuerdo. Si me concentraba mucho en mí no podría concentrarme en lo que era importante. No parecía que allí hubiese pasado nada. Volví a pensar que se trataba de pura imaginación mía. Lo del cuerpo en la montaña. Viéndolo bien, ese policía solo había hablado conmigo. Quizás nadie más lo había visto. Y ni siquiera soy capaz de relatar cómo era su rostro. Era más como una idea. Como el concepto abstracto de un policía. Como si a un hombre repentinamente ciego uno le dijera que imaginara un gato. Ese concepto típico, modelado por la experiencia, era lo que iba a producirse. Esa fue mi imagen. Pero el perro estaba allí, eso no lo estaba imaginando.

Me levanté de la silla. Escuché unos pasos detrás de mí. Me asusté. Cuando volteé, vi a Mercedes mirándome.

—¿Cómo estás, Mercedes? ¿Me recuerdas? —fue lo que logré balbucear.

—Claro que te recuerdo. Te reconocí ayer en la cena. Me extrañó que no nos saludaras... Te hubiésemos invitado a cenar a nuestra mesa. Había una silla disponible.

—Siéntate —le dije.

Y pensé que esta era una gran oportunidad para saber más de ella.

Ambas nos sentamos. Comprendí por qué su padre Hilarión la prefería antes que a Consuelo. En primer lugar, era una persona que transmitía vida. De esas personas con las que uno quiere estar. Lo contrario de su hermana, que era como esas manchas grises que se ven en el agua, producto de las nubes. De alguna forma eso también pasaba entre Ruth y yo, aunque está mal que yo lo diga. Pero papá también sentía lo que seguro sentía Hilarión y mamá seguramente hacía lo que hacía la madre de ellas: trataba de equilibrar los talentos para que quien estuviera en desventaja no se resintiera.

Tenía frente a mí a una mujer peligrosa. De la más antigua manera posible, porque era capaz de desarrollar una pasión fulminante. La observé mirando el jarrón de las flores. Preguntó con voz tranquila:

—¿Te gusta vivir aquí?

—Sí me gusta. Nunca he vivido en otra parte —respondí.

—Yo sí. Pero pienso que me gustaría vivir aquí. Mi abuela pasó muchos años aquí, como sabes. Creo que en esencia este país es una costa. Su corazón es un pueblo costero, no importa cuán disfrazado esté de ciudad. Y entonces viviendo aquí uno se sincera.

—¿Y qué opina tu hija María Eugenia de vivir aquí?

—María Eugenia no tiene mucha opinión sobre las cosas —me dijo.

Noté amargura al decir esas palabras.

—Posiblemente ella se quede en la casa de El Paraíso —continuó— y yo me venga a vivir en la Casa de Arena.

Ahora noté un destello de felicidad, y lo compartí. No era verdad que estaban interesados en vender la casa, como me había dicho Ruth. Al contrario, ella la estaba arreglando para quedarse. La casa de alguna manera siempre pertenecería a Carlota. Creo que Carlota me estaba mirando desde la cúpula del techo. Me alentaba a terminar mi misión.

—¿No te parece peligroso? Escuché que había desaparecido el conserje. Y que habían encontrado un cuerpo en la montaña —completé.

—Supe lo del conserje. Lo del cuerpo en la montaña, no. Eso me dijo Eugenia, que parece que esos cuentos tétricos le fascinan. Ese conserje se debe haber ido voluntariamente. Me parecía un hombre sumamente educado y como «descuadrado» en ese puesto. Como si no tuviera que ser conserje. No parecía un hombre de esos que se sientan a esperar que algo pase... Aquí nunca pasa nada, señorita Gallardo. Eso es parte del problema.

Continuó diciendo:

—He caminado toda la mañana en la playa. Me encanta el bosque de los uveros...

¿Fue mi imaginación, o esa mujer había hecho un énfasis anormal al decir «bosque de los uveros»? Allí lo había dejado yo, el cadáver. ¿Me querría decir algo en forma críptica porque no era seguro hablar de otra manera? Sabría que nos observaban. Miré hacia el fondo. En la parte posterior de la terraza vi a un hombre mirándonos. Una vez más la claridad no me dejó detallar su cara. Era un hombre alto. ¿Sería Alejandro? Debía ser uno de los hombres que me siguió ayer camino a mi casa. Me quedé callada, esperando por si mi interlocutora me daba alguna otra pista. Ella también estaba como esperando algo.

—Es una lástima que esta costa también sea la preferida del General —dijo finalmente—. Nos vemos más tarde. Si quieres puedes almorzar con nosotras.

Se levantó de la silla, dio la vuelta y caminó en dirección al comedor. Cuando habló del General lo hizo con una rabia descomunal.

Esperé que viniera alguien del servicio del hotel, pero nadie aparecía. Se me acababa el tiempo. No sabía por qué pensaba eso, pero lo pensaba. Miré a la puerta lateral. Allí estaba Dolores, caminando desorientada. Parecía inofensiva. Todos parecíamos inofensivos, pero realmente no lo éramos. Finalmente, a mi lado apareció un muchacho del servicio. Le pregunté qué había pasado en la montaña, me respondió que nada y que podría hablar con el señor Siebenthal si quería. Le respondí resignada que no era necesario. Lo menos que quería era hablar con el gerente del hotel. Eso me retrasaría.

Estaba tratando de recordar el rostro de mi policía imaginario. No recordaba nada, tan solo sus ojos color verde aceituna. ¡Otra vez ese antipático color!

El pastor alemán continuaba allí, esperando y gimiendo. Podía verlo desde el ventanal de vidrio. Crucé la terraza interna, salí por la puerta lateral, caminé hasta la fuente escondida de los leones y escarbé el lugar donde había puesto el sobre. Allí estaba.

Agradecí a Dios, y esta vez no es un decir. Me devolví y salí del hotel por el camino de la montaña, lo más rápido que pude. Por allí venía caminando Consuelo. Venía con unas flores en las manos. Me pareció tan antagónico: esa mujer y las flores, la vida y la muerte. Pero recordé que a la muerte le gusta la vida... Sí, la muerte siempre ha envidiado la vida. Recordé la mirada de Ruth cuando yo jugaba en la playa. Y la idea de Carlota de los puntos de saturación, de las repeticiones que se producían entre las personas.

Consuelo siguió de largo. Me quedé mirándola. El muchacho de las flores volvió a atravesarse en mi camino, intercambié unas palabras con él. Continué casi corriendo. Escuché unas patas chocar contra el piso. El perro vino detrás de mí, el perro de Marcadet. ¡No podía ser! Comencé a espantarlo, sin dejar de correr.

Era como una burla. El hombre que más odiaba en mi vida, el culpable de tanta desgracia en este país, o al menos uno de ellos, sin la menor conciencia de su capacidad destructora había desaparecido y él, que era como un pedazo de su maldad reencarnada, me perseguía como diciéndome que nunca podría liberarme de ellos, aunque corriera. Creo que ese animal supo que yo quería matarlo. Repentinamente se devolvió por el mismo camino hacia el hotel y comenzó a husmear en el bosque. La última vez que lo vi, ladraba y subía por la parte de la montaña que era contigua al hotel, próxima a las canchas.

Todo se había precipitado. Tenía la sensación de que mi ritmo de urgencia era moderado por algo que no era yo. Algunas veces me encontraba tranquila y reflexiva. Otras era presa de desesperaciones asfixiantes. Se acababa el tiempo de mi cordura. Llegué casi sin aliento a mi casa.

No escuché que nadie me siguiera, pero podían haberlo hecho por dentro de la colina, para que yo no lo notara y para acortar camino. Ruth no estaba. Había dejado una olla montada sobre el fuego. Esta me recibió con su velo ennegrecido y con olor a locura. ¿Usted ha olido la locura? Huele a piel humana. No quise ni preguntarme qué había allí dentro. Algunas veces es mejor no saber.

Recordé mi sueño, donde yo desmembraba algo. Me senté en la silla en la cocina, frente a la ventana. Necesitaba descansar al menos unos minutos. Estaba alterada. Es cierto que uno en el fondo lo sabe todo. Y yo lo he descubierto por dos vías. Recordé la voz de mi abuela diciendo que todos los caminos conducen a Roma, creo que incluso la escuché diciéndomelo. Era una afirmación con la que yo no estaba de acuerdo en general, pero esta vez sentía que los dos caminos que había dentro de mí me llevaron al mismo punto. Al punto de la resolución.

Me quedé mirando la olla de Ruth, que parecía quererme decir algo. Me levanté, me armé de valor y me asomé para ver en su interior. Era lengua en salsa o eso me pareció al principio. Luego noté que no era solo eso. Entonces apareció una sombra en la ventana, exactamente frente a donde yo estaba parada. Caminaba en dirección a la puerta principal de la casa.

XXII

El ruido se escuchaba cada vez más cerca. Todo me daba vueltas. Debía llegar al menos hasta detrás de las cortinas del salón y llevarme la carta. Busqué la cartera que había dejado sobre la mesa y fui caminando sigilosa hasta el salón, en donde tropecé con el mecedor de cuero. Recé para que no se escuchara el ruido. Me detuve.

Los pasos también se detuvieron, pero luego continuaron de forma apresurada. Comprendí que debía correr. Logré llegar a una de las cortinas y me escondí tras ella. Quería dejar de respirar porque el silencio podía delatarme. Cerré los ojos. Escuché la puerta abrirse como un grito y luego un golpe seco.

Abrí los ojos. Lo vi detenerse frente a la entrada del salón. El hombre que me había estado siguiendo miró hacia donde yo estaba escondida, creo que sabía que lo observaba. Se quedó mirando la cortina y pensé que me había visto. Comenzó a caminar hacia mí. Cuando estaba a punto de descorrer la cortina que estaba a mi lado, escuché el lamento de la reja de hierro afuera y una ráfaga de viento entró por la otra ventana. El mecedor comenzó a moverse. Él hombre dio la vuelta, volvió sobre sus pasos y salió. Cerró la puerta con cuidado.

Me volvió el alma al cuerpo. Respiré profundo. Esperé unos segundos y miré hacia abajo. Un alacrán pequeño corrió entre mis zapatos. Nunca me ha gustado ver animales cruzarse entre mis pies porque eso me hace sentir miserable. Salí de mi escondite y, cuando apenas me recuperaba, escuché que llamaban a la puerta. Era una voz masculina:

—¿Señorita Gallardo?

Respondí inmediatamente:

—¡Espere un momento!

Sacudí mi vestido, dejé la cartera en el sillón y caminé hasta la puerta. Pasé junto al espejo y pude ver la imagen de reojo. Abrí la puerta. Un hombre joven con cara de mono estaba parado frente a mí.

—Señorita Gallardo —dijo tímidamente—, venimos de parte del señor Efraín Monteverde. Necesitamos entrar a su propiedad para adelantar algunas pruebas con las cámaras.

Inmediatamente le respondí. Los autoricé a hacer lo que fuera en el patio. Fui amable con el muchacho. Cerré la puerta pensando en que esos hombres, los de la ridícula película, me acababan de salvar. El hombre que me perseguía se había alejado gracias a la presencia de ellos.

XXIII

Ruth, mi hermana, es la asesina.

Ella delató a Raúl. Ella mató al hombre en la playa. En el fondo siempre lo he sabido. La razón por la que volví a casa en lugar de seguir corriendo hasta la casa de usted era porque quería despedirme de ella. No tenía fuerzas para matarla. Creo que finalmente pude desembarazarme de la maldad. Desde que amaneció el día de hoy he sabido que la ocupante de la cueva anaranjada era otra, otra que había sustituido la venganza por algo más. Es verdad que pensé en matarla mientras dormía. Pero eso no hubiese solucionado nada. Al contrario. El pastor alemán primero y el contenido de la olla en mi cocina después me confirmaron lo sucedido. Entonces lo entendí todo.

Recogí mi cartera en el salón. Subí al cuarto de Ruth. En su mesa de noche había una pila de cartas desordenadas. Eran cartas mías que contenían las notas sobre los libros que Carlota me prestaba. Cartas que escribí a Raúl. Siempre me ha gustado escribir. Vi también el libro pequeño de tapa azul. Nuestro cuento del demonio joven. Este que tengo aquí, es una de las primeras ediciones. Sentí nostalgia de mí misma, de cuando vivía en forma apasionada. Tomé el libro y lo usé para meter la carta entre sus páginas, pensando que estaría mejor allí. Salí del cuarto. La puerta escuchó las últimas palabras que pronuncié en mi casa:

—¡Pobre Ruth!

Bajé las escaleras y salí de la casa con el libro en las manos y con la cartera que contenía, envueltas en un pañuelo, la jeringa, la inyectadora y la botellita con el líquido inmovilizador, y otro pañuelo con el bisturí. No sé si ella se dio cuenta de que yo le había robado ese estuche, posiblemente sí, y eso la asustó. Ruth debió haber entendido que yo lo sabía todo y por eso había escapado. La perdoné. Quizás ella me perdonó a mí también. Perdonó la subversión de mi pensamiento.

Fui a buscarlo a usted a su casa, cuidando mis espaldas. Me parece que burlé a mis perseguidores porque salí por una pequeña puerta que casi nadie conoce, al fondo del terreno posterior, que conduce directamente a la montaña. Realmente mi casa queda bastante cerca de la suya si uno acorta camino, saliéndose del sendero. Me resulta irónico pensar que una persona como yo haya tenido tan cerca a una persona como usted. Habernos tomado un café, con alguna frecuencia, podría haber hecho alguna diferencia en todos estos acontecimientos. Pudo haber evitado mi ruina y a Ruth posiblemente le hubiese evitado su locura.

Quizás yo me hubiese embelesado con su razonamiento, porque el razonamiento puede ser mucho más impactante que las hazañas de los arcángeles, que la furia de Dios, que el dolor y que la fuerza destructora del mar. Eso habría educado un poco mi imaginación. Mucho me temo que haber perdido posibles conversaciones ha sido una de las causas de la transparencia inhumana que nos agobia. Si fuese más joven podría enamorarme de usted, a primera vista, como la primera vez que lo hice...

Aquí estamos entonces. Lo encontré y le pedí, amablemente, que me acompañara. ¡Desde aquí puede verse todo! Uno ve las cosas con otra perspectiva: la costa, el pueblo, el hotel, las personas, las vías del tren, el camino de piedras. Si usted camina por ese sendero, aunque está un poco tapado, puede llegar a donde vivía el doctor Gottfried Hauschild.

Quiero decirle que aún conservo mi versión de las cosas. Esta nueva versión de las cosas. Y en ella soy libre, no tanto porque soy una guerrera vengadora como creí al principio, hace tres días, sino porque soy su salvadora. Solo así dejé de ser una víctima.

Recuerde que las víctimas perfectas, en estado puro, no existen, porque siempre existe una forma de transformarse. La más oprimida de las personas puede llegar a sorprendernos. Puede que mi imaginación haya logrado confundirme algunas veces y los delirios me persigan, caminando detrás de mí muy cerca y acechando mi mente. Las alucinaciones, las pesadillas y las voces siempre están allí, pero la carta fue real y fue mi descubrimiento. El único verdaderamente mío.

Nunca tuve la convicción tan poderosa de que yo fuera capaz de hacer algo grande por alguien importante y esa plenitud me la dio esta carta. Gracias a ella también le he dado tranquilidad a un alma que vagaba en el fondo quieto del mar, en ese lugar que podemos ver desde aquí. Algunas veces creo que una parte de mí sigue allí y que estoy desdoblada, pero no como en la pesadilla que le conté, porque no es mi parte cobarde viendo a la valiente despedazarse contra las piedras. Sino al contrario. Mi parte cobarde se quedó en el fondo del mar.

¡Mire, allí va llegando el Armus! ¿A quién traerá esta vez? Esperemos que vengan personas de miradas peligrosas y políticamente incorrectas para el General. Y que impere en pocos años el espíritu del naufragio por estos lados. Esa clasificación de Carlota, la de su ventana y la gente de este pueblo, puede lucir alocada, incluso infantil, pero creo que, si uno la piensa bien, en esencia puede ser muy reveladora.

Sé que usted no creerá lo que pasó aquí y lo que pasó conmigo. Le pido encarecidamente que no dé la espalda a ninguna explicación y que se quede solo con aquella que le haga bien. Aquella que nos haga bien. Eso finalmente es Dios, ¿no le parece? Una explicación válida en la medida en que nos haga bien a todos. O al menos eso debería ser.

Convénzase de que Ruth no volverá. Se internó en la montaña silenciosa. Allí siempre estuvieron sus verdaderos amigos, las momias del doctor Hauschild.

Marcadet está muerto y usted está a salvo. He cargado todo el tiempo este bisturí en mi mano por si llegaba el hombre que me persigue. Quiero decirle además que la he visto a ella, a la mujer que usted quiere. La he visto palidecer de terror ante la idea de que La Sagrada pueda apresarlo. Ninguna mujer debería pasar por eso, ni ningún hombre tampoco. He tenido que enloquecer para descubrir el monstruo que llevaba dentro. Todos los que renunciamos a la libertad somos monstruos. Usted dejó de serlo cuando se transformó en lo que es hoy: un conspirador inteligente.

Dígale a Alejandro que disfruté mucho la conversación con él. Explíquele por qué su amigo francés nunca llegó (estoy segura de que no era suizo, porque en Francia el General tiene por lo menos a un enemigo poderoso, desde hace años). Creo que el falso conserje era su amigo. Creo que la letra bajo el mapa del hotel es de él. Sinceramente no sé qué pasó con ese papel. Pudo haber sido Ruth, pude haber sido yo. Pudo haber sido la casa. Incluso pudo haber sido la gata. He tenido muchas lagunas y muchos olvidos en estos tres días, desde que salí del agua.

Dígale que la muerte del falso conserje no tuvo que ver con la función política que estimo tenía. Que fue una nueva locura de Ruth. Lo más seguro es que el pobre haya sido un poco más cercano a ella que el resto de la gente, y ella nunca ha comprendido la cercanía, aunque siempre la ha necesitado desesperadamente.

Al imbécil de Baldó no le diga nada. Me encantaría comerme sus vísceras. Pronto aparecerá por aquí, me lo dice mi intuición. Él siempre será un burócrata de la muerte. No quiero imaginar cómo serían sus juegos de niño. Seguramente jugaría a firmar sentencias de muerte en el escritorio de su padre. No es más que un pobre heredero del terror que se perfuma de civilización.

Creo que ya vienen. Creen que soy ella. Creen que soy Ruth. Vienen por mí. Siempre nos confunden.

El perro debe haber encontrado los restos en casa. Ruth despresó a esos hombres y quemó las partes en el patio trasero. Me temo que me dio de comer una asadura salada hecha con las vísceras del francés y que la lengua de Marcadet debía estarse preparando en casa hace poco tiempo, con parte de sus sesos y de su cuero cabelludo. Ojalá también hubiese preparado a Juan Francisco de alguna manera, pero estimo que no tuvo tiempo.

Lamento tener que dejarlo, pero cada quien debe ir a donde pertenece. Mi hermana fue a la montaña y yo voy al mar. Usted quedará con muchas dudas, en medio de ambos mundos. Yo también las tengo. Pero la duda es mejor compañía que el dogma, se lo aseguro. Uno debe siempre dudar más de uno mismo y no sospechar tanto de los demás.

Siento una extraña inspiración en este momento. Quizás esté adulterado mi pensamiento por haber estado en el bello Hotel Miramar todos estos días. Quizás me contaminé con algún espíritu morisco que vagara por allí transportado desde el sur de España y que se posara sobre el jarrón que está lleno de flores, seducido por su belleza. ¿Sabe que hay otro Hotel Miramar en Málaga?

¡Tendría tantas otras cosas que decirle! Pero confío en que con su inteligencia podrá usted mismo atar los cabos sueltos y que lo que aún no entienda, pueda imaginarlo. Estoy segura de que puede ser como esos autores de mis libros preferidos, esos que en alguna parte han escrito mi propia biografía. Y si alguien sabrá quedarse con la explicación que nos haga bien a todos, será usted.

MIRAMAR

XII. La Victoria de Samotracia

Llegaron dos hombres acompañados de Juan Francisco Baldó a la terraza donde se encontraba Ruth Gallardo de la Huerta con Pedro Enrique Santana. Ella escuchó los pasos. Sabía que le quedaban dos minutos a lo sumo.

—Cuídese del resentimiento —le dijo al hombre, que se encontraba inmóvil— porque puede que la idea de Nietzsche de clasificar a las personas de acuerdo al mismo sea acertada. Puede que ese sea el nuevo embalsamador que domine este país. Las momias de Hauschild nunca aprendimos a hablar. El resentimiento puede ser uno de los amos del silencio. Ha sido un placer conversar con usted, don Pedro.

La mujer se acercó a él, miró sus ojos color aceituna y lo besó. Pero inmediatamente ella se dio cuenta de que calculó mal la distancia y el tiempo que tardarían los hombres del general Monteverde en llegar. Siempre calculaba mal las distancias. Había sido su culpa porque se había extendido demasiado en la conversación. Hubo ruidos. Cayó al suelo el oxidado bisturí y el libro se abrió en el suelo. Ella corrió rápidamente directo al borde de la terraza, como impulsada por un aliento divino e inclemente. Tomó impulso y voló hacia el mar. Lo último que supo fue que se convirtió en la escultura alada que contaba con una pieza auténtica.

Cuando uno de los hombres del Gobierno intentó alcanzarla solo pudo rozar el borde de su vestido, y fue muy tarde. Vio, al asomarse, su cuerpo pegado a las piedras y hundiéndose. Juan Francisco Baldó agarró el libro que estaba a los pies de Pedro

Santana y lo revisó. Tomó un sobre arrugado que estaba dentro de él. Santana se sintió descubierto, finalmente lo habían atrapado.

El arquitecto volteó la cara.

—Este sobre no tiene nada adentro —dijo, mirándolo—. ¿No le entregó nada más?

El hombre no podía responderle. Su interlocutora le había administrado una sustancia que lo había dejado semiparalizado, aunque estaba consciente.

Ella lo había salvado. Finalmente había muerto en un gran acto de amabilidad, y no como la verdadera Indalecia, ahogada en la cobardía. Había muerto usando la mejor versión de la vida que había conocido, que era la de hacerse pasar por su hermana. Así logró superar la aplastante *anima mundi* y había logrado burlarse de su vida sombría.

La mujer se había llevado el papel delator con ella. Este inició un viaje hacia el fondo cómplice del mar. Sus letras se desdibujaban...

XIII. Raúl

Tu hermana está enferma.

Ella es peligrosa, aunque nadie considere que su ira puede ser destructora, porque nos encontramos en el reino del disimulo. Me amenazó con delatarme con el propio Atilio Marcadet y me atacó. Lo sabe todo, me ha estado vigilando y también a ti. Además se imagina cosas, se imagina relaciones con las personas. Relaciones que no existen.

Conozco a alguien que puede ayudarla, pero hay que reconocer primero que ella tiene un problema. Si alguna vez alguien la rechaza es capaz de matar, estoy seguro... Se lo he dicho a Carlota, pero no quiere creerme; creo que no quiere destruir a tu familia. Sabe que es lo único que tienes, o eso cree. No entiende que una persona como tú cuenta con el mundo...

Pedro Enrique nos está apoyando. Lo llamo Maestro porque tiene una inusitada habilidad de hacerse pasar por uno de ellos, por eso ni siquiera tú sabías que formaba parte de nuestra conspiración. Él piensa que me debo moderar porque es un suicidio ser radical en este momento y que la forma de hacerle frente a esto es por medio de las ideas y de las palabras. Pero yo no puedo esperar tanto, querida Inda.

Ha arreglado todo para que me vaya del país. Me parece que alguien escucha nuestras conversaciones. Puede ser que no sea nada. Quien sí debe cuidarse eres tú. Debes cuidarte de Ruth. Cuando leas esto estaré lejos, pero voy a volver. Tengo confianza en que buscarás detrás de este cuadro, seguro se te ocurrirá, porque no te dejarás ganar.

La libertad, querida Inda, siempre será el problema. Incluso para quienes no la conocen, porque algo han escuchado sobre ella y nadie es indiferente a la belleza. ¿Has visto cómo todas las personas cuando cruzan el bosque de los uveros vuelven la cabeza y miran el mar? Los pescadores, el doctor, el ministro. Todos sin excepción. La imagen del mar, esa a la que nadie se resiste, es la libertad que todavía no conocemos. Porque es posible nombrar algo que aún no existe.

Que nuestro Dios naufragante te bendiga siempre,
Raúl

XIV. Hermanas

La tarde del 29 de enero, Mercedes caminaba por el bosque de los uveros, frente al mar. Le pareció ver un movimiento rápido en la terraza del mirador que se encontraba próxima a la casa de la familia, más arriba. Como si un cuerpo se hubiese desplomado. Parecía una mujer que volaba. Pensó que era imposible.

En esas horas terribles ella estaba aterrada. Pedro corría peligro. Había escuchado a Ruth Gallardo decirle al viejo Marcadet que sabía quién era el Maestro y también le dijo que le mostraría algo. El pánico se había apoderado de ella en forma intermitente desde ese momento. Por eso había estado tan distraída en la cena y sus comentarios eran tan desacertados. Incluso había intentado entablar una conversación con la loca Ruth Gallardo esa mañana, para ver si podía descubrir algo de lo que sabía.

Alguien interrumpió sus pensamientos y esa sensación de perdición que la acompañaba; el muchacho de las flores, el de la cara curtida por el sol de la montaña.

—Usted es la señora Mercedes, ¿verdad?

—Sí —respondió.

—Dice que se cuide de su hermana.

—¿Cómo? ¿Quién lo dice? ¿Que cuide a mi hermana? Mi hermana sabe cuidarse...

—No, la señorita Gallardo le manda a decir que se cuide de su hermana. Esas fueron las palabras que me dijo que le repitiera. Cuando estuviera aquí en los uveros. Me dio propina. Pero usted no vino sino hasta ahorita.

El muchacho salió corriendo hacia la playa. Mercedes quedó atónita.

Luego comenzó a entender.

Tendría que tomar medidas más cuidadosas con su hermana.

XV. El mismo barco

Dolores miraba las olas. Estaba en la playa. Le pareció ver algo caerse desde una terraza.

Pasaron cerca de ellas cuatro guacamayas pequeñas y brillantes. Amarillas por debajo y de tonalidades azules y verdes en el lomo. Era un azul distinto. Un azul que nunca había visto antes en un pájaro. Las cuatro idénticas. Extendieron sus alas. Saludaron. Ya se iban a la montaña.

Ahora Dolores sentía una vitalidad casi oceánica. Después de todo, quizás no estaba tan mal que hubiese tenido que volver al país, porque algo parecía decirle que ella podría encarar cualquier cosa si conservaba intactas las ganas. Las ganas de mirar por la ventana del tren, con esa versión entusiasmada. Esa versión que, cuando alguien te la muestra, no puedes olvidar. Y se transforma en un argumento imprescindible. Como cuando su abuelo Hilarión subía al Calvario y miraba la ciudad que amaba o cuando su madre aun moribunda lograba hacer reír a su padre, o cuando su bisabuela Carlota se había enamorado de esta luz blanca de Macuto.

—¡El mar está hermoso! —dijo en voz alta.

A Dolores Aldrey la inundó un inusual sentimiento de pertenencia, como si todos estuviéramos en el mismo barco.

XVI. Locura

—¿Qué fue lo que pasó aquí? —preguntó Pedro Enrique, nuevamente encarnando su papel con maestría.

Se encontraba en la blanca habitación del hospital San Juan de Dios. Ya se había recuperado del efecto del líquido que había invadido su cuerpo y que lo había paralizado.

—La loca Ruth Gallardo de la Huerta mató a don Atilio Marcadet —le respondió Juan Francisco Baldó, fiel servidor de José María Vicente—. Ayer en la mañana lo llevó hasta el borde de la montaña y le dijo que sabía quién era el Maestro. Él, antes de irse con ella, me escribió lo que iba a hacer. El mesonero me entregó el papel con el mensaje. Unas horas después comenzamos a buscarlo. El ministro quiso que lo hiciéramos de forma discreta. Por eso anoche no la detuvimos para interrogarla. La estuvimos siguiendo. No queríamos hacer un escándalo en la víspera de la visita del aviador. Hay gente importante en el país.

El hombre continuó, indignado:

—Encontramos parte de su cuerpo en la casa, en el patio. Otra parte en la montaña. Nuestros hombres trabajaron en la búsqueda, amparados en la entrada que les dio esta mujer a su propiedad a los técnicos del cortometraje. Lo hicimos con discreción porque no estábamos seguros de nada. Creemos que también mató al conserje. No sabemos por qué. Solo sabemos que él no era el conserje que había contratado la gerencia del hotel. Este hombre se hizo pasar por él. El verdadero conserje recibió un pago a bordo del Armus para que lo dejara tomar su lugar. Creemos que Duarte Chiossone está detrás de eso. Aunque esperábamos un desembarco armado. Desde Berlín nos informaron algo. ¡Esta mujer era un demonio! ¡Una asesina caníbal! Encontramos restos humanos preparados en su cocina. Algunas veces decía que se llamaba como la hermana muerta. Tampoco entiendo por qué se lanzó al mar; supongo que sabía que ya no tenía escapatoria.

—¿Y el libro que me dejó?

—El mismo cuento. El de siempre. Había un cuarto en esa casa lleno de libros que sí debían ser de la hermana. La misma zoquetada. La misma zoquetada que recogemos y que vuelve a aparecer. La aplanamos por un lado y sube por el otro, como decía el General. El mismo cuero seco... ¿Le dijo algo a usted que valiera la pena?

—No lo sé. Gran parte del tiempo estuve dormido, drogado por lo que me dio.

—¿Por qué esa mujer lo llevó hasta el mirador y lo retuvo allí? José María Vicente cree que también quería matarlo. Y que se salvó porque nosotros llegamos a tiempo. Tampoco entendemos por qué mató a Marcadet... Ella siempre había estado de nuestra parte. Debía creer que era un ángel vengador de la hermana o algo así. Estuve en su casa hace tres días, conversando normalmente. No noté nada raro, solo su vestido. Y que en medio de los tragos buscó una estilográfica y un papel y le pidió a Alejandro que dibujara en pocos trazos el concepto de la escenografía del cortometraje y que lo firmara con su nombre. Me pidió a mí que también lo hiciera. Me pareció una estupidez, pero le seguimos el paso. Parecía estar interesada en ver nuestra escritura. Sin ningún propósito sensato, supongo.

Pedro Enrique sabía que Juan Francisco no estaba muy convencido de lo sucedido con él. Hasta le parecía que sospechaba algo. Pero no tenía pruebas de nada. Gracias a ella. Gracias a Indalecia. A la falsa Indalecia.

Lo que le había dicho a Baldó no era cierto.

Él no se había dormido. Recordaba cada una de las palabras que la señorita Ruth Gallardo le había dicho.

XVII. Juicio Final

Consuelo de la Plaza estaba en el último banco de la iglesia dispuesto en la nave lateral, frente al cuadro del Juicio Final. Tres hombres entraron al recinto. Dos se pararon junto a la puerta y el más joven caminó hasta donde ella estaba y se sentó a su lado.

—Creo que Ruth Gallardo sabía algo. Ella sacó de aquí, de allí detrás, un sobre. Yo la vi hacerlo —la mujer hablaba con resentimiento y con rabia.

—Creo que usted se imagina cosas —le respondió el hombre, mirándola con aire de superioridad—. Y creo que lo hace porque no le agrada la idea de que su hermana lo vea tanto. No tenemos absolutamente nada contra él. El General siempre lo ha considerado un fiel aliado.

—¡Bah, el General no sabe nada! Creo que en varias oportunidades mi hermana me ha querido contar algo, ha estado a punto, pero no termina de hacerlo. Ruth se lo dijo. Le dijo a Marcadet que ella sabía quién era el fulano Maestro. Yo la escuché decirlo. Iba a mostrarle algo. ¡Mire que yo sé! Recuerde lo del cura. Yo me di cuenta, antes que todos, de que sus ideas no eran buenas. Estoy segura de que Pedro Santana está metido hasta el tuétano, como lo estaba el cura. Por eso la loca Gallardo fue a buscarlo. ¿Por qué una mujer como ella debía conversar con Santana? Quizás decidió chantajearlo y pedirle algo, para no contar lo que sabía de él.

—En lo que a mí concierne —interrumpió el hombre—, nuestras charlas se acabaron. Creo que todo es imaginación suya.

El ministro se levantó y se fue sin decir nada más.

Consuelo se quedó sentada, pálida y sudorosa, mirando el cuadro. Tuvo la convicción fugaz, como si el lienzo se lo revelara, de que el Juicio Final, contrario a lo que se creía, no era externo ni al final, sino interno y casi al principio. Como si no tuviera que ver con la forma como se vive el pasado, sino con la forma como se imagina el futuro. Pero desechó esa idea delirante. No sabía de dónde la había sacado. La rabia seca y su versión más árida, la sensación arenosa del abandono, volvieron con más fuerza. Y continuó con ese rosario monstruoso en el cual se había convertido ella misma.

XVIII. Ruth

La noche del 17 de diciembre de 1935, Dolores Aldrey tuvo un sueño. Al despertar, la asaltó la duda de si había sido realmente un sueño o si había sido otra vez su exacerbada imaginación que había crecido desaforadamente, en compañía de la intensidad con la que se le había hecho necesario vivir. Dolores, con el paso de los años, se acostumbró a la costa que en un principio, cuando desembarcó del Armus, le había parecido intimidante. Esa intensidad salvadora se le había metido entre las costillas, latiendo aceleradamente y algunas veces, en los momentos de mayor emoción, incluso le producía algo de fiebre. Ya aquella Dolores de Biarritz era imposible. También achacó el inquietante sueño que acababa de tener —si es que eso había sido— a la hirviente alegría que sentía por la muerte del dictador. Porque ella siempre había querido encontrarse con su bisabuela y hacerlo entonces era la mejor forma de celebrar que se le podía ocurrir.

En el sueño, Dolores se veía a sí misma, sentada junto a Carlota, en aquel banco gris del mirador de la playa, desde donde se había lanzado la señorita Ruth Gallardo de la Huerta. Su bisabuela guardaba luto, pero no estaba triste. Hablaba con esa voz pausada y clara que ella siempre había querido imitar desde niña. Apacible y mirando el mar, pronunció unas palabras que parecieron ser festejadas por el sol de Macuto. Estaba atardeciendo y esta vez el mar respondió comprensivo, tornándose de un inusual color rosado, imitando el color del cielo. Era tan clara y a la vez tan roja la luz que había aparecido que todo lo que tenía sustancia parecía negro, en contraste. Así, Dolores miró sus brazos y los vio pardos, como si el espíritu de la noche se hubiese adelantado y estuviera allí con ella, para escuchar también las sabias palabras de Carlota: «Querida, debes comprender a Ruth»...

Todavía emocionada al despertar, extendió su brazo derecho para alcanzar la estilográfica que la esperaba en la mesa de noche, se sentó en la cama y tomó los papeles en blanco que, sobre un libro, acompañaban a la pluma impaciente, y se dispuso con urgencia a escribir todo lo que Carlota le había contado en ese sueño rojo. No quería perder ningún detalle de esa humana explicación. No sabía si ella (Carlota) le había hablado realmente —como creía su tía Mercedes— o si todo había sido pura invención suya, porque la obsesión por entender a Ruth Gallardo algunas veces le había resultado desquiciante. Secretamente, había querido entender a esa mujer desde que se cruzó con ella, aquella mañana en la terraza del Miramar. Le había parecido tan inhumana que pensó que se veía a sí misma, en ese mismo destino, si no lograba rescatar algo.

Dolores comenzó a escribir sin detenerse en nada. Era importante contar esta historia. Cualquier otra certeza, era lo de menos...

Querida, debes comprender a Ruth.
Para ella, encontrarse con ese hombre fue el principio del único breve espacio de vida que tuvo. Antes, estaban don Anselmo y doña Clara, quienes eran sus amigos, pero esa amistad se había

acabado. Sus amigos «habitaban» las ruinas del doctor Hauschild, lugar que quedaba a dos horas andando de la casa de los Gallardo. Ellos eran cadáveres momificados que Ruth había vestido y con los cuales conversaba cada tarde; las momias resaltaban su carácter especial, sus atributos. Para eso había entendido Ruth que eran las personas.

Era cierto que la casa del doctor ya había sido producto de saqueos anteriores, pero el interés de la gente se había dormido. Eso le había permitido a Ruth pasar horas en ese lugar sin ninguna interrupción, hasta el día de la excursión del grupo de los alemanes. Ese día de la dolorosa despedida logró llevarse, además de los huesos de Anselmo, un estuche del doctor, que había encontrado entre las ruinas. La pobre Ruth se repetía: «La gente siempre viene a destruirlo todo, la gente siempre viene a destruirlo todo». Pensó que al menos había podido quedarse con las costillas de don Anselmo y que se haría un corsé con ellas...

Desde que la madre de Ruth murió ella se había quedado sin espectadores amables. También murió su hermana, mi querida Indalecia, y quedaron solo «ella y la casa». Luego, cuando necesitó compañía se desató la más destructora de las soledades.

Ruth Gallardo fue una mujer que siempre pensó en la felicidad como en un lugar que le correspondía por derecho. Cuando uno siempre espera tener suerte como algo incuestionable, normalmente termina con una pésima fortuna. La muchacha adoptó en forma temprana las maneras de la sociedad que la recibió, la del poder adscrito, la de la autoridad indiscutible. Nunca probó la dulzura del pensamiento propio. Practicaba la religión extendida a lo largo de la costa; la achatada, la despersonalizada, la que te hace una parte insignificante de un todo importante. Contra la cual no puedes levantar la voz y dentro de la cual no caben las dudas. Solo el dogma del anima mundi que oprime a donde vayas.

Ruth, en su soledad, pasaba las tardes en la iglesia antes de visitar a las momias. La iglesia así entendida es un lugar vacío de personas y lleno de celebridades poderosas con cuerpos de yeso y miradas de vidrio. Un lugar inhumano. La culpa fue su verdadera virgen, la acusación su verdadero rezo, la desconfianza su verdadero Dios.

Los dogmas terminan siendo grillos pesados en los pies como los que han cargado nuestros presos de La Rotunda. En su mundo, el mal adquirió protagonismo porque eso le funcionó en parte para explicar su propia tragedia. Las personas siempre debemos explicarnos las cosas, incluso las pavorosas, porque las explicaciones son una forma, aunque sea sutil, de victoria.

Al quedarse sin la compañía de las ruinas, se rompió su débil equilibrio y se produjo un cataclismo en su interior. Solo contaba con su imaginación para poblar el mundo. Eso hizo.

Una tarde, de vuelta de la iglesia a su casa, vio a un hombre. Él la saludó y la miró con curiosidad. «Alguien había reconocido su valor, alguien se había detenido a mirarla. Alguien vivo». Dios había premiado sus cualidades especiales —pensó Ruth—, aunque se había tardado mucho. En algunos momentos sentía mucha ira porque la vida no terminaba siendo como ella había esperado que fuese. Pero todo eso lo había superado gracias a él, y de allí en adelante imaginó que todas las tardes la acompañaba aquí, en este mismo mirador, y pasaban horas conversando sin que nadie estorbara. Los encuentros imaginarios siempre comenzaban cuando el hombre caminaba por la playa y la saludaba. Lo que sucedía realmente era que él continuaba su camino. Lo que sucedía en la ficción necesaria de Ruth era que él se quedaba a su lado. Incluso hablaron de matrimonio, en la mente de Ruth.

La tarde del 26 de enero él no acudió a su encuentro imaginario. Ella lo esperó. Se sentía terriblemente desdichada, le faltaba el aire. Vio una síntesis de su vida lúgubre y seca. Más bien se sintió como su propio epitafio. Fue hasta el Miramar porque ella sabía que él salía de allí. Nunca había visitado ese lugar, pero siempre lo veía desde arriba. Se mantuvo en el exterior del edificio, se asomó por los amplios ventanales de la planta baja y subió hasta la terraza del bar. Allí se acomodó junto a una ventana para mirar hacia dentro. Él no estaba.

La lluvia caía sobre ella. No supo cuánto tiempo pasó. Pensó que era mejor acabar con su vida. Volvió a la playa para hacerlo, pero de pronto lo vio venir. Solo se veía su silueta con la luna vigilante detrás que ya había aparecido. Sintió que había sido rescatada de la muerte y amó nuevamente la vida. Empujada por las fantasías que había tejido le preguntó si le gustaría acompañarla un poco más de tiempo.

La pregunta fue real y la respuesta también lo fue. Fue una cruel negativa. Ruth se transformó. Finalmente afloró el sentimiento que había cultivado por años; su frustración hambrienta. Lo persiguió hasta la terraza de mi casa vacía y se abalanzó sobre él. El hombre apenas pudo darse cuenta antes de desplomarse hacia el acantilado. Pero su sed de justicia no había sido saciada. La misma le quemaba el rostro y la palma de las manos. Bajó hasta la playa. Se repetía con cada golpe que le propinaba que ella era un instrumento de Dios y que «la venganza y la retribución estaban siendo consumadas». Estaba segura de estar haciendo justicia en ese acto salvaje. Sus padres la habían convencido de que ella estaba llamada a ser especial y ya estaba cansada de llevar una vida tan lúgubre, como si no lo fuera.

Finalmente se apagó el ataque de ira que esta vez la había llevado muy lejos. La rabia desbordada y de años de frustraciones había vuelto a canalizarse. Ahora Ruth lloraba amargamente y sus lágrimas se confundían con la lluvia que empezaba a caer de nuevo Ya no estaba su madre para calmarla. Ahora era distinto. Solo le quedó la culpa. La culpa de haber matado a alguien.

Pensó cómo ardería en el infierno y pensó en que debía confesarse. Pero a esa hora no podría. Debía resolver ella sola. Se fue corriendo a su casa. Incluso creyó que, en el camino, algo, como un rayo, iba a acabar con ella porque Dios la castigaría. Ya estaba claro que ella había hecho algo malo, ya no podría esconderlo. La mujer condenada corrió desesperada.

Llegó a su casa. Empujó la puerta con ambas manos. Allí estaba el cuadro. Esos ojos aceitunados y esa mirada acusadora. Los dedos de la mano derecha hacia arriba. El corazón en llamas que ella sintió como un arma que la apuntaba. En otro acceso de furia, esta vez contra el cuadro, se abalanzó sobre él y lo desprendió de la pared. Danzó con él en medio de la escalera. Parecía una lucha personal donde ella sabía que ganaría. Finalmente, lo lanzó por la escalera. El cuadro hizo un ruido ciclópeo y estalló. Cayó vencido en medio del salón, pero esa explosión no fue la única que sucedió. En su interior explotó la moral clasificatoria, la que la había oprimido.

Ella finalmente había ganado.

No podía permanecer mucho tiempo sin llenar con algo distinto ese espacio enorme que había ocupado la culpa y que acababa de liberarse. Sin embargo, aún tenía hambre de guerra. La paz tendría que esperar un poco más. Ruth bajó porque pretendía infligir una nueva ola de destrucción a la imagen. Cuando levantó lo que quedaba del cuadro vio un sobre abultado. Este debió haberse encontrado de alguna manera soportado en la parte posterior. Inmediatamente detuvo su intención de batalla.

¿Qué era eso? Lo tomó, se sentó en la escalera con el sobre en las manos y lo abrió. Comenzó a leer el contenido de las cartas amarradas que contenía. Cartas de su hermana Indalecia, quien, como sabes, había fallecido de manera trágica hacía ocho años. Correspondían a un intercambio epistolar con el padre Raúl, quien había muerto envenenado en presidio por conspirar contra el general Monteverde. También había algunas cartas mías. Ruth había alertado a su hermana sobre «esas amistades inconvenientes», pero Indalecia era indomable y siempre había hecho lo que había querido. Ruth en persona había hablado con alguien del Gobierno alertando las actividades conspirativas del padre Raúl *y su inminente fuga. Era necesario acabar con esa relación por el bien de Indalecia.*

Cuando Ruth habló con Atilio Marcadet, este le confesó que una de las nietas de Carlota también había delatado al nuevo cura del pueblo, comunicándole con lujo de detalles las homilías inconvenientes llenas de sacrilegios y malas interpretaciones del Evangelio. Así, Ruth no se consideró del todo culpable del suicidio de su hermana. Al menos no había sido solo ella quien había delatado al cura, aunque sí había sido ella quien había informado sobre su huida.

Se fue haciendo una idea de la vida de su hermana en la medida en que leía, sentada en la escalera, sus cartas y reflexiones. La idea le gustaba. La idea de transformarse en ella. Su capacidad analítica era muy disminuida pero su memoria era brillante. Podía recordar todas las ideas de su hermana muerta. Indalecia nunca había sentido ninguna culpa y había tenido una vida. Era perfecta para sustituir sus anteriores categorías sociales. Perfecta para orientar una nueva moral clasificatoria del mundo en donde los malos ahora serían los buenos y los buenos de antes serían los malos. Si uno no es reflexivo, porque ha estado desprovisto de vínculos, pero tiene hambre de trascendencia, se convierte por obligación en un imitador.

Subió al cuarto que llevaba ocho años cerrado. Ese cuarto siempre había sido impermeable a la mirada de los santos que ahora eran sus enemigos. Quería mimetizarse con los objetos que allí se encontraban y con esa autonomía. Quería convertirse en las cosas que estaba descubriendo.

Tocó la manga de un vestido rosa que sobresalía del armario. Y de otro color verde claro. Se sentó en la cómoda. Se miró al espejo. Ella sabía que se había transformado internamente, aunque el espejo continuara diciendo lo contrario. Lo único que quiso conservar de su vida pasada fue el corsé que se había hecho con los huesos de su amigo Anselmo. Fue a buscarlo a su cuarto y dejó las cartas que había memorizado sobre la mesa de noche. Fue la última vez que entró en esa habitación.

Volvió al cuarto de su hermana muerta y se puso un traje de baño y el medallón que encontró en una caja repujada. Ella había visto cómo Indalecia lo recibía de las manos de la buena de Antonia. Su hermana se apoderaría de su cuerpo si pensaba como ella. Su memoria la ayudaría a hacerlo. Solo debía recordar los detalles de la vida de su hermana, que ella conocía porque siempre la seguía y escuchaba sus conversaciones. Las escuchaba desde la ventana de la sala, en la Casa de Arena. En el fondo siempre había querido ser como su hermana y por eso siempre la vigiló. Lo único que debía cuidar era no verse en el espejo. Porque entonces el espíritu de Indalecia la abandonaría y volvería a ser ella, la pobre Ruth.

Salió de su nueva habitación y comenzó a bajar la escalera. Miró donde había quedado la marca en la pared del cuadro que ella había vencido. Era la marca de la libertad. Acomodó la sala y cambió muebles de lugar. Cuando recogió la imagen, volvió a ver los ojos aceitunados. Pero estaba rasgado el rostro y debajo de esa imagen encontró otros ojos. Unos ojos color azul intenso que pertenecían a un rostro más definido y más hermoso. Era un lienzo que contenía una imagen de San Miguel Arcángel que había sido tapada por el Corazón de Jesús muchos años antes. El arcángel tenía un poder diferente. Desde ese momento se enamoró de ese azul imponente. Se llevó los restos del cuadro al cuarto malva que se empleaba como depósito. Lo que allí se encerraba no volvía a ver la luz jamás. Así encerró la culpa.

Salió de la casa y se fue a la playa. Buscó al hombre que había matado unas horas antes. La verdad es que Peter de Hass no era un conserje. Era un hombre que venía dispuesto a asesinar al ministro, aliado con el poderoso empresario Duarte Chiossone, enemigo de Monteverde. El hombre se reuniría con Alejandro del Toro esa noche porque este último también formaba parte de la conspiración armada contra la dictadura del General. Por esa razón estaba apurado y cometió la omisión que acabó con su vida; no había sido lo suficientemente amable con esa mujer como para quedarse conversando con ella. Algunas veces la falta de amabilidad es imperdonable. Alejandro del Toro no pudo llegar a la cita porque estaba siendo vigilado por Juan Francisco Baldó y debió pasar muchas horas en su tensa compañía teniendo luego que disimular el efecto que le causó la desaparición de su amigo, el falso conserje.

A Ruth le faltaba algo por hacer junto al cadáver antes de convertirse casi por completo en su hermana muerta. Luego aprovecharía algunas lagunas de la nueva Indalecia para volver a aparecer, desmembrar y cocinar a esta víctima y a todas las que se presentaran en el camino. A todas las que fueran necesarias. Porque Indalecia nunca fue violenta. Y la violencia era necesaria, a juicio de Ruth. La transformación inicial se daría en el agua. El bautizo de su nueva vida se produciría en el mismo lugar donde su hermana murió, en el área más profunda de esa playa. De esa playa peligrosa. Pero ella sabía nadar y lo hacía mucho mejor que su hermana. El mar también había sido amable con ella, viéndolo bien.

Tomó la mano dócil del cadáver sin rostro que estaba sobre la arena de la playa. Puso sus dedos sobre los pliegues de la muñeca, debajo de los cuales debió haberse sentido el pulso. Miró extasiada su dorso, le gustaban sus costillas. En ese momento supo que luego iba a despedazarlo, para cocinarlo. Hizo una larga inspiración con los ojos cerrados. Debía ser agradecida. De alguna forma ese hombre se había constituido en su liberación. Era hermoso. Le recordó la escultura. Llena de emoción porque se había perdonado ella misma, sin necesidad de confesarse nunca más, finalmente se puso de pie, miró por última vez el cuerpo y se alejó de él.

Ruth caminaba con el traje de baño verde oscuro que recién estrenaba y con el medallón que ahora cuidaría con mucho celo. Sintió la brisa marina en todo el cuerpo y escuchando solo el viento sobre el mar se dirigió al agua. La naturaleza siempre es buena si uno la entiende bien. Eso había leído más temprano en letra de su hermana.

Vio un pájaro oscuro que caminaba por la orilla de la playa a cierta distancia. El único testigo. ¿Cuál pájaro será ese? Diciéndose a sí misma que ahora debía documentarse y recordar muchas cosas y también debería saber más sobre los pájaros nocturnos que rondan por la playa, se sumergió.

Brillaba bajo el agua.

Parecía querer desprenderse y buscar el fondo, pero la cadena lo unía a ella. Lo atrapó, deteniendo su fuga ondulante e inútil y lo guardó bajo el traje de baño porque no quería perder el medallón que la había transformado.

EPÍLOGO

La noche del 18 de diciembre de 1935, Pedro Enrique cruzaba la calle junto a Mercedes de la Plaza. Cenando en un restaurant, en la ciudad de Nueva York, se habían vuelto a ver y después no dejaron de hacerlo.

La calle que caminaba la pareja, iluminada en parte por la luz de la luna, los condujo hasta la vieja galería de cristal.

Él se detuvo. Buscó en la vidriera la imagen. Se lo debía a su salvadora.

Allí estaba. Un hombre viejo y demacrado, el general Cornelio Páez, exhibiendo un uniforme y una espada. El adefesio de la violencia con ínfulas de grandeza. Y una mujer muy joven, casi una niña, a su lado.

Vaya a verla un día, cuando acabe todo esto, y acuérdese de mí. Para que compruebe que no todo lo imagino. Pero, además, reconcíliese con la imaginación. Como le dije, es lo último que se pierde. Es lo único que nos queda cuando nos sobra la soledad. Se lo agradeceré desde mi yo más amable.

—Finalmente lo logró —Pedro Enrique pronunció las palabras en voz alta.

—Pedro, tú no hablaste con Ruth —le respondió Mercedes—. Tú hablabas con Indalecia. Me has dicho que era una mujer inteligente, sensible, racional. Ruth no era así. Ruth era egoísta, superficial e inhumana. ¿Cuándo vas a aceptar que hablaste con el espíritu de una mujer muerta?

—Mercedes, ¿tú estás diciendo que una muerta se metió en el cuerpo de su hermana durante tres días para arreglar algunas cosas y evitar, entre otras, mi muerte?

—Sí. Sabes que días después de lo de tu encuentro con esa mujer, el cuadro colonial del Juicio Final se desprendió de la pared de una forma inexplicable. Y el párroco en ese momento disfrutaba mucho su papel adulante del Gobierno. Además, yo casi cometo el error de contarle todo a Consuelo. Creo que Indalecia se dio cuenta de que Consuelo sentía cosas parecidas a las que sentía Ruth.

—Mercedes, no seas ingenua, Tú sabes que eso no es posible. Los muertos están muertos.

—Ella te dijo que uno siempre va a seguir haciendo aquello en lo que ha creído. Te lo dijo cuando te habló de la pesadilla. Yo estoy de acuerdo con eso. A mí no me parece ningún disparate pensar que quienes se enfrentaron a esta maldita dictadura y perdieron la vida en ello nos miran desde el mar. Y que se alborotan y se apaciguan con él. Nos hablan a través de las olas y, si pudieran hablarnos de otra manera, también lo harían. Porque siempre creyeron en las palabras y una vez que uno aprende a hablar no puede callarse. Estoy segura de que ella, la muerta, coexistió con su hermana y aprovechó el quiebre de su locura. Por eso en su interior conversaban ambas. Esas eran las voces que escuchaba.

—Estás loca, querida.

—¿Por qué si aquí todos creemos en espantos no podemos creer que alguno venga de buena fe a prestarnos algún tipo de auxilio frente a este pandemónium que hemos vivido? Esa es la explicación que nos hace bien a todos, Pedro. Yo creo que hablaste con una muerta y que el mar está lleno de muertos que tienen muchas cosas que decirnos. Acuérdate de que el miedo es mucho más silencioso que la muerte. Tu mentalidad de ingeniero es tan desesperante...

Detrás de estas palabras, Mercedes de la Plaza sintió un alivio. Un alivio definitivo, porque el general Monteverde había muerto y ellos habían sobrevivido.

Miró a la muchacha del retrato. La atrapó su expresión, mientras escuchaba el sonido del mar que declaraba la victoria esperada. Allí estaba esa alma joven que creían perdida o ausente, hablando cada vez más fuerte, con ese idioma líquido y envolvente, impermeable de culpa y desbordado de voces, debido al silencio que hacía la montaña vencida y sus momias, con todos los pájaros oscuros dormidos.

No reveles el final a quien no haya leído el libro.
Si ya lo leíste, puedes seguirnos en la
cuenta de Twitter @lasmomiasdehaus.